UN JEUNE HOMME SI TRANQUILLE

DU MÊME AUTEUR

AUX ÉDITIONS PRESSES DE LA CITÉ

Y avez-vous dansé, Toinou ?
Le Marié de la Saint-Jean
La Nuit d'après
C'était ma petite sœur
Louise des Ombrages
Le Temps de l'enfance

AUX ÉDITIONS ROBERT LAFFONT

Jeanne la Polonaise
  1. *Jeanne la Polonaise*
  2. *Il neige encore sur Varsovie*
  3. *La Force des larmes*
Par un si long détour
Les Pêches de vigne
Les Saisons de Vendée
  1. *Les Saisons de Vendée*
  2. *L'Étoile du bouvier*
  3. *Notre-Dame des Caraïbes*
La Malvoisine
Le Chemin de Fontfroide
Les Noces de Claudine
Les Lilas de mer, prix Charles-Exbrayat 2001
Les Sœurs Robin, prix du roman populaire
L'Orgueil de la tribu, Grand Prix catholique de littérature
Elle voulait toucher le ciel
La Flèche rouge
La Chanson de Molly Malone
La Mère

(*suite en fin d'ouvrage*)

Yves Viollier

UN JEUNE HOMME SI TRANQUILLE

Roman

Les Presses de la Cité

92, avenue de France – 75013 Paris
ISBN 978-2-258-20028-9
Dépôt légal : août 2022

À ma mère, 29 novembre 2021,
novembre est un mois cruel

À Régine et Marcel

Avant que le coq chante, tu m'auras renié trois fois…

Matthieu, 26:34

1

Roger Martin nous a séduits. Il n'avait pourtant rien d'un séducteur. Il était râblé, ne mesurait pas un mètre soixante, même chaussé, ne voyait bien que d'un œil, l'autre, on aurait dit un œil de verre. Il racontait qu'il s'était fourré un sarment sous la paupière en taillant la vigne.

Le funérarium de la maison de retraite a été trop petit lorsqu'il est mort, en quelques semaines, de la maladie à la mode. Les gens de Mesnard se sont bousculés pour lui rendre un dernier hommage, reconnaissants pour les coups de main, la bonne humeur, les plaisanteries, les cartes de vœux du premier de l'an. Roger a été bien jusqu'à six mois avant de partir. Il avait quatre-vingt-cinq ans. Il collectionnait les revues sur papier glacé et fabriquait lui-même ses cartes de vœux, découpait dans les magazines les photos, les caractères, les phrases, dont il collait le puzzle sur un rectangle de papier Canson. Il n'était pourtant arrivé chez nous, où il ne connaissait personne, que depuis neuf ans. Nous l'avions invité parce qu'il était désormais tout seul à Cambo. Maïalen, sa femme, était décédée alors depuis un an. À chaque fois qu'il parlait d'elle, les larmes lui montaient aux yeux.

Il a répondu :

— Je veux bien venir chez vous.

Anne a tenu à mettre sur le cercueil la photo de Roger à sa dernière fête du Printemps, la toque sur la tête, en tablier blanc, fier comme un chef pâtissier, le couteau de bois à la main, il cuisait les crêpes dans le stand du club de bridge. Lorsque nos filles Juliette et Joséphine l'ont découvert au milieu des fleurs de chrysanthèmes, elles ont pleuré. Elles n'ont pas été les seules. Il était devenu pour les jeunes du village une sorte de grand-père bienveillant, qui s'installait aux terrasses des cafés en short et sandales et buvait la bière avec eux.

Avec son accord, nous lui avons acheté une concession dans notre cimetière, lorsqu'il est tombé malade. Les résultats des examens n'étaient pas bons. Le médecin ne l'avait pas bercé d'illusions. Roger lui-même avait conclu, après l'opération, avec ce sourire désarmant qui était sa marque de fabrique :

— Il faut bien mourir de quelque chose !

Puis, après que le médecin eut quitté la chambre, il s'était tourné vers nous.

— Puis-je encore vous demander un service ? Il va bien falloir me mettre quelque part. Je ne veux pas être incinéré comme Maïalen.

— Veux-tu être enterré à Mesnard ?

— Si c'est possible, pourquoi pas ?

Il avait quelques économies. Nous avons prévenu Pierre, son neveu, le fils de sa sœur, qui était son héritier, puisque Roger n'avait pas d'enfant. Nous n'avions rencontré qu'une fois cet homme discret lors d'une de ses rares visites à son oncle. Pour des raisons obscures, les liens de Roger avec sa famille étaient quasi inexistants. Anne, qui l'assistait dans la fabrication de ses découpages de cartes de vœux, quelquefois jolis et surprenants, l'avait encouragé à souhaiter la bonne année à son neveu et elle avait contribué à maintenir le fil qui les unissait.

Pierre est arrivé de Bordeaux avec son épouse, le matin du 6 avril, deux heures avant l'enterrement. Nous les avons attendus pour refermer le cercueil. Le monde qui se pressait à la cérémonie à l'église et la quantité de fleurs dans le fourgon des pompes funèbres les ont surpris. Nous les avons priés de prendre la tête du cortège.

Les gens s'interrogeaient : « Est-ce que c'est le fils de Roger ? »

Il ne lui ressemblait pas. Il était grand, puissant, la cinquantaine ronde, de grosses joues, le teint rougeaud, le costume bien coupé d'un fonctionnaire au Trésor de la capitale d'Aquitaine.

Roger ne manquait aucune répétition de la chorale, où son timbre de basse et son assiduité étaient utiles. Les choristes ont chanté le *Dies irae*, jour de colère, qu'il appréciait particulièrement, et, à la sortie, un émouvant *Quelque chose de Tennessee* à quatre voix, la chanson préférée de notre ami. Les paroles m'ont accompagné pendant notre marche vers le cimetière.

Cette volonté de prolonger la nuit,
Ce désir fou de vivre une autre vie…

C'est au retour, tandis que nous nous approchions de la salle communale, pour le verre de l'amitié et la brioche, il faisait chaud, le soleil d'avril était presque blanc, que Pierre nous a dit que ses relations avec Roger avaient été compliquées, « après ce qui s'était passé ».

Avant de boire, il a demandé un instant de silence et il a remercié de l'accueil fait à son oncle, Mesnard était devenu son village, les familles de Mesnard la famille de Roger, la fin de vie de son oncle avait été heureuse avec nous.

Il disait vrai, il avait raison, il y a eu de l'émotion, des applaudissements et des larmes, il a levé son verre.

— Roger ne voudrait pas que nous soyons tristes.

Les jeunes ont spontanément repris, à quelques-uns d'abord : « Ce rêve en nous, avec ses mots à lui… »

Mais Anne s'est demandé plusieurs fois dans la semaine qui a suivi de quoi Pierre parlait quand il avait dit « après ce qui s'était passé ». Qu'est-ce qu'il y avait dans la vie de notre ami que nous aurions dû savoir et que nous ignorions ? Elle était intriguée, qu'est-ce que Roger avait fait, ça semblait quelque chose de grave, elle s'est décidée à composer le numéro du neveu, qui a répondu, gêné :

— Comment ? Roger ne vous a rien dit ?

— Il ne nous a rien dit d'extraordinaire.

Il a hésité.

— Ce… ce n'est pas extraordinaire… C'est… C'est…

Il cherchait ses mots.

— J'ai posé la question à mon oncle, la dernière fois que nous nous sommes vus, il y a plus d'un an, il était encore en pleine forme. « Est-ce que tu as parlé à tes amis ? » Il m'a répondu : « Je n'ai pas encore osé… » Il ne l'a pas fait ?

— Qu'est-ce qu'il aurait dû nous dire ?

— Il a eu des… histoires dans sa jeunesse.

— On ne peut pas porter toute sa vie les bêtises de ses jeunes années.

— C'est plus grave que des bêtises…

2

Les plaisanteries de Roger, ses chansons, ses pitreries semblaient l'expression d'une formidable joie de vivre. Il nous a plu dès que nous l'avons vu. Même les plus avisés chez nous n'ont rien soupçonné. Même notre curé, qu'il fréquentait. Roger allumait pour lui les cierges et préparait sa table d'autel.

Je me rappelle pourtant la tristesse de son visage, parfois, quand nous le surprenions chez lui ou chez nous et qu'il ne nous avait pas entendus, il avait l'oreille paresseuse du côté de son œil abîmé.

— Ça ne va pas, Roger ?

Il sursautait. Son visage changeait, comme émergé d'une eau profonde, il se redressait, son bon œil retrouvait l'éclat de son bleu myosotis, il s'activait, redevenait le vieux compagnon rieur et actif que nous aimions.

Il y a deux ans, alors qu'il venait d'hériter d'un cousin une petite maison qu'il ne voulait pas garder, nous l'avons accompagné chez le notaire de Châteauneuf, en Charente. Il était surpris de cet héritage. Le bien de ce cousin, dont il se souvenait à peine, n'avait pas une grande valeur. Nous avons fait le voyage avec lui et nous sommes passés, ce jour-là, tout près de sa maison d'enfance. Nous ne savions pas grand-chose de ses jeunes années, sinon qu'il était de ce pays de vignes et d'eau. Nous associions cette indifférence au passé à son incroyable vitalité. Il avait quelque chose de l'oiseau sur la branche, détaché de tout, attaché à nous, et ça nous convenait.

Il avait grandi dans la maison de l'Écluse au bord du canal. J'ai stationné la voiture après le grand pont en dos d'âne sur le fleuve. Une chaussée barre la Charente à cet endroit, et le canal à côté, tout près, permet son évitement. C'était pendant les vacances, à la mi-août. Entre les portes de l'écluse, un bateau de croisière blanc et bleu s'élevait lentement. Roger nous a montré dans la pierre du pont du canal les cicatrices laissées par les filins des gabarres halées autrefois par les chevaux :

— Oh, je connais chaque pierre de ces ponts par cœur !

Le fleuve étale ses bras dans la vallée et l'enferme en une grande île qu'ils appellent « la prairie ». Les peupliers lançaient leurs flammes immobiles dans la lumière blonde et douce, des poissons moucheronnaient dans l'ombre brune des nuages qui glissaient sur la Charente. L'eau était transparente. Nous avions le temps. J'ai proposé à Roger :

— Veux-tu que nous marchions jusqu'à l'écluse ?

Les anciens chemins de halage sont toujours là, de part et d'autre du canal qui file tout droit. Sa maison d'enfance aux volets gris était au fond, à trois cents mètres, des tables étaient sorties, un store tendu sur la façade lui donnait des airs de guinguette. Il a grommelé tout haut :

— Ça n'était pas toujours aussi gai qu'aujourd'hui. Ma mère a détesté cet endroit loin de tout. Il faut avoir vécu l'hiver, ici, il y a quatre-vingts ans, quand la Charente dérive, la prairie devient une île, on ne se déplace plus qu'en bateau…

Et il a fait demi-tour vers la voiture.

— Je n'ai pas envie d'aller là-bas.

Nous avons pensé qu'il ne voulait pas revoir des jours difficiles, et il y avait sûrement de ça. Mais je crois maintenant qu'il avait surtout peur d'être reconnu. Après que j'ai stationné la voiture sur le parking proche de l'étude du notaire, il a traversé la rue très vite, le chapeau de paille sur la tête, il rasait les murs comme s'il était poursuivi.

Mais c'est aujourd'hui que nous réalisons. Je suis trop naïf. C'est moi qui ai amené Roger chez nous. Ma naïveté me joue des tours. Anne me le reproche : « Tu fais confiance aux gens. Tu te poses des questions après. »

Vingt ou trente ans plus tôt, l'histoire de Roger aurait provoqué un scandale dans le pays, aujourd'hui elle meurtrit notre famille, nous blesse. Juliette, notre fille, dit qu'elle nous souille. Pour comprendre, j'ai essayé, avec Anne, de remonter le parcours de celui qui se disait notre ami et d'y mettre toute la chair que nous trouvions. Je connais Anne. Elle n'est pas d'une nature à étaler ses mystères. C'est ainsi qu'elle m'a plu, et que je l'aime encore. Elle m'a dit seulement, à demi-mot, un soir, sans terminer sa phrase, alors que nous allions nous coucher :

— Tu n'aurais peut-être pas dû...

— Dû... quoi ?

Elle m'a répondu par ce mouvement familier des lèvres, la moue que j'aime et qui laisse entendre : « Tu as compris. Je n'ai pas besoin de t'en dire davantage. » Ses yeux brillaient, au bord des larmes. Je crois connaître les manques qui la tourmentent depuis toujours. Et je m'en veux d'avoir contribué à raviver ses blessures et blesser les filles. Suivre les chemins de Roger est comme se pencher sur le fond d'un puits. Tout est dangereux ici-bas, même un sourire. Pourquoi Dieu a-t-il inventé les hommes ? Il n'y a pas d'espèce plus nuisible sur la terre.

Pour s'expliquer davantage, Anne est allée, ce soir-là, prendre l'album de photos du mariage de Juliette. Roger sourit auprès de moi, au premier rang, dans son costume gris de fête, son gros nœud de cravate lui soulève le menton. C'est lui qui, à la pioche, a planté les grands houx devant les piliers de la cour, huit jours avant la noce. Il a fabriqué les roses en papier avec les jeunes. Il a dû rire de l'union de notre fille avec un Juif.

Je n'arrive pas à le croire. Est-ce qu'il nous a aimés un peu ? Je suis persuadé maintenant que ses rires, son ardeur à partager nos fêtes cachaient à chaque instant la crainte d'être démasqué.

Nous l'avions rencontré pendant nos vacances annuelles à Cambo, aussi débordant d'énergie avec Maïalen, sa femme, en mouvement toujours, bouchonnant les chevaux, les poneys, les ânes, il aimait les bêtes, c'est certain, premier levé le matin, le nez au fourneau dans les casseroles et les faitouts, sautant dans sa voiture pour rapporter le pain frais de la boulangerie, débouchant les bouteilles, généreux à remplir les verres. Leur couple plaisait. Elle, de la chair, des seins, des fesses, du crin fauve, de la voix, lui, petit, nerveux, la force noueuse, le rire, un tourbillon. Mais certains gestes, certaines réflexions que nous n'avons pas saisies alors me laissent penser qu'il avait confié à Maïalen ou qu'elle avait deviné au moins une part de son secret. On ne peut pas dissimuler sans cesse dans la chambre et le lit, surtout avec une Maïalen.

Il aura vécu au présent, peut-être, pour se supporter. Il a été heureux avec nous aussi. Je veux le croire, pour lui, et pour nous. Il est parti avec notre confiance. Et nous l'avons enterré dans notre cimetière.

Nous avons fait le voyage à Bordeaux chez sa sœur, Anne et moi, quelques jours après que Pierre nous a parlé. À presque cent ans, Marcelle, la sœur de Roger, avait toute sa tête sous la mousse de cheveux, abondants encore, très blancs. Ses yeux ont impressionné Anne, qui lui a trouvé le regard de son frère. Mais Roger n'avait qu'un bon œil, et une laitance blanchâtre voile les yeux de sa sœur.

Le petit pavillon de Marcelle jouxtait la maison de son fils, près de la place Pey-Berland. Nous avions prévu de ne pas rester trop, pour ne pas la fatiguer. Elle est demeurée dans son fauteuil, quand nous sommes entrés, et s'est plainte à Pierre, qui était avec nous, d'avoir froid tout le temps. Il faisait beau, il lui a apporté une couverture. Elle lui a dit :

— Tu peux t'en aller.

Elle a suivi mon regard vers la pendulette Empire à colonnes en bois noir et au cadran cerclé de cuivre sur son buffet, elle n'était pas aveugle. Elle a dit que c'était le seul trésor de l'Écluse, hérité de sa mère, qu'elle avait réussi à sauver, et, aussitôt, qu'à chaque fois qu'elle allait visiter son frère à la prison il refusait le moindre mot sur ce qu'il avait fait, il revenait sans cesse à l'Écluse.

— Je m'occupais de son linge. Je suis allée le voir tous les quinze jours pendant neuf ans. Il avait pourtant connu des filles, mais pas une n'est venue pour lui...

Elle se tournait vers Anne. C'était comme si je n'étais plus là. Leur conversation était de femmes.

— C'est vrai que, quand il est sorti de prison, il n'a pas été très reconnaissant. Il s'est sauvé de Bordeaux et d'Angoulême et, s'il n'y avait pas eu Pierre, dont il était le parrain, on n'aurait plus jamais eu de ses nouvelles.

Et elle a parlé de l'Écluse. Elle aussi, l'Écluse la hantait. Pour elle, comme pour Roger, tout partait de là.

Elle a dit qu'elle n'avait pas à se plaindre, elle avait trouvé une pâte d'homme, elle avait quitté le canal à vingt ans. Mais ses frères, eux, étaient restés. Moïse était solide, dur caillou comme elle, rien ne semblait le toucher, il restait couché dans l'herbe à regarder les feuilles bouger dans les peupliers et dessiner des choses dans sa tête. Mais le petit Roger était bon drôle, peut-être trop, trop gentil, trop sensible, trop de tout. Elle l'a eu bien des fois en larmes dans ses cotillons, il pleurait beaucoup, il tenait de leur mère.

Marcelle n'était pas facile à suivre. Ses silences duraient. Le balancier émaillé de la pendule était illustré en son milieu d'une flèche noire et du commentaire *tempus fugit*. Nous écoutions Marcelle respirer, et nous nous demandions si elle allait recommencer de parler. Ses yeux restaient accrochés à Anne. Moi, j'étais comme une ombre qu'elle refusait de voir, peut-être avait-elle quelque chose à me reprocher, peut-être tout simplement le faux jour de la porte vitrée qui m'éclairait lui faisait-il mal aux yeux.

Nous savions par Pierre que Marcelle était l'aînée de trois, née au commencement de la guerre, en décembre 1914, ses frères étaient venus bien après, Moïse en 22, Roger en 25. Il y avait eu une fausse couche en 1920. Le père buvait. La mère, on ne parlait pas alors de dépression, on disait neurasthénie.

Elle a dit qu'elle ne comprenait pas comment sa maman, elle disait « ma maman », avait pu épouser Athanase, leur père, et était venue s'enterrer là. Elle était une fille de la ville. Autrefois, éclusier était un beau métier. Leur grand-père, qu'elle avait à peine connu, était, disait-on, un monsieur. Il portait la cravate et le chapeau, le dimanche à l'église, au milieu des propriétaires. Alors les gabarres descendaient le fleuve chargées d'eau-de-vie et des canons de la fonderie de Ruelle, et elles remontaient du sel. Le commencement de la fin était venu, disait le grand-père, quand ils avaient commencé à remplacer les chevaux par des moteurs.

Athanase était un homme bien fait, il avait quatre ans de plus que leur mère, parlait beaucoup. Leur mère était venue danser sur le parquet de la guinguette que les gens du village installaient alors au bord du fleuve. Quelques gabarres remontaient encore la Charente avant la Grande Guerre. Leur père se donnait des airs d'éclusier glorieux.

Marcelle a dit qu'ils étaient les derniers des derniers, au milieu des eaux, au bout du bout, loin de tout, dans la boue tout l'hiver, quand la Charente ne débordait pas.

— Vous croyez que je n'avais pas honte ?

Après la guerre, il n'y avait plus de gabarres, plus rien. Les portes de l'écluse fuyaient. Leur père était devenu domestique, il tirait le cavaillon dans les vignes des propriétaires. Il vociférait et lançait des coups de poing et des volées de revers dans le vide quand il rentrait ivre sur le chemin du canal.

Leur mère était tombée malade sitôt la naissance de Marcelle. À chaque grossesse, elle avait dégringolé un peu plus. Des migraines affreuses la couchaient quelquefois pendant une semaine, et c'était elle, Marcelle, la grande sœur, qui s'occupait de ses petits frères.

Elle a souri. Ce n'était pas vraiment un sourire, les plis autour de sa bouche se sont relâchés.

— Êtes-vous nyctalopes ?

— Pardon ?

Cette fois, elle a tourné vers moi ses prunelles bleues, blanches.

— C'est un mot que Moïse avait appris à l'école. Il prétendait qu'il voyait dans le noir comme les chouettes et les chats. Il partait avec sa barque pêcher tout seul, la nuit, sur la Charente, il braconnait, il relevait les engins des pêcheurs professionnels, quelquefois il emmenait notre petit frère, même si notre mère l'interdisait.

Elle a soupiré.

— Roger avait encore à huit ans des grosses joues de poupon, un regard doux et clair, un sourire espiègle quand il ne pleurait pas.

Elle a fermé les yeux.

— Quand j'ai annoncé que je partais, il m'a tirée par le bras : « Reste avec nous, selette ! Reste avec moi ! T'en va pas. » Il m'appelait encore « selette », petite sœur, à neuf ans. Et vous voudriez que je ne l'aime pas ? Il était plus câlin que Moïse. Je suis partie à Angoulême avec mon Jacques, qui prenait la suite à la boulangerie de son père. J'avais vingt ans, je voulais vivre, être heureuse. Est-ce que j'avais le droit d'être heureuse ? J'ai pensé proposer à Roger de venir avec moi, Moïse était assez grand pour se débrouiller. Il y aurait eu de la place pour Roger dans notre maison de la boulangerie, il serait allé à l'école à Angoulême. Mais je n'ai pas osé l'imposer à Jacques et arriver avec mon petit frère…

Elle a ouvert les paupières et cherché Anne, qui était à côté d'elle.

— Vous l'auriez vu quand il était petit, c'était le meilleur drôle du monde. Je l'ai laissé là-bas.

Des sillons ont creusé son front, ses tempes, ses joues, ses lèvres, comme une terre labourée. Elle fixait Anne, mais la voyait-elle, le côté droit de sa bouche tremblait, un peu d'eau a jailli du pli de la paupière et glissé lentement sur sa joue.

Elle a murmuré :

— Moïse… Roger… Je suis fatiguée… Vous reviendrez une autre fois…

Ses mains étaient restées sous la couverture pendant tout le temps. Ses doigts y bougeaient sans cesse comme si elle grattait une démangeaison d'eczéma. Nous nous sommes levés. Nous l'avons remerciée. Elle a dit :

— Revenez quand vous voulez. Demandez à Pierre l'adresse de Clovis Marchand à Angoulême, il aura peut-être plus de choses que moi à vous dire. C'était un ami de Moïse. Même après presque un siècle, je voudrais remonter le temps, prendre mon petit frère par la main et l'emmener sur le bon chemin…

Et comme nous allions sortir, elle n'avait pas bougé de son fauteuil, elle nous tournait le dos :

— Un jour, j'étais petite, un homme du village s'est exhibé comme un cheval devant ma mère et moi à l'Écluse.

3

La montée est raide pour gagner le haut Angoulême aux rues serrées derrière les murs des remparts. En été, parfois, le linge claque sur les cordes tendues sur les balcons et on dirait le Sud. La pierre tendre du pays, des hôtels particuliers et de la cathédrale Saint-Pierre a pris une patine gris doux d'aile de pigeon.

Par temps clair, à partir des chaumes sur les collines qui entourent la vallée de l'Écluse, on voit fumer au loin les cheminées des cimenteries de La Couronne et par-delà sur l'éperon, à vingt-cinq kilomètres à vol d'oiseau, les miroitements des toits d'Angoulême. Tuiles rouges, tuiles rouges.

Clovis Marchand, le camarade de Moïse que Marcelle nous avait conseillé de rencontrer, habite toujours à l'Houmeau. Il nous a dit qu'il l'entendait siffloter comme un merle, à l'heure de l'embauche, le matin, sur le sentier qui traverse le Jardin vert et descend de la ville haute à la ville basse. Marcelle avait trouvé à son frère une place d'apprenti mécanicien, chez Barouilhet, au pied des remparts, face aux deux ponts sur la Charente. Moïse prenait pension chez sa sœur, là-haut, place du Mûrier, une chambre mansardée au-dessus de la boulangerie. La guillotine et son échafaud étaient installés sur cette place pendant la Révolution.

À quatorze ans, en 1936, le garçon avait déjà une taille d'homme, brun comme son père, le buste et les épaules larges, le cou épais, un sourire à fossettes, les yeux noirs. Ils ont commencé au garage en même temps, nous a dit Clovis, en cotte bleue de mécano, les croquenots noirs de cambouis, à l'époque des Rosalie et des premières Traction avant. Moïse lui donnait du coude dans la fosse et lui montrait les jambes de la cliente, en haut, au-dessus, sur le ciment du garage. Il lançait une roulade de rossignol amoureux.

— Arrête tes conneries, Moïse ! gueulait le patron, une fin de cigarette au coin de la bouche.

— C'est pas moi, c'est Clovis !

— Non, patron ! C'est lui !

Il avait appris les oiseaux à l'Écluse. Il imitait aussi la grive, le corbeau, la pie, cacardait comme un troupeau d'oies.

Les deux amis plongeaient leurs mains dans le seau de savon pâte Arma, le soir. Moïse frottait tous les plis des jointures, les cuticules autour des ongles, impeccable toujours, plus méticuleux que Clovis, le peigne en os dans la poche de poitrine, les cheveux collés à la Gomina même à l'atelier.

— Ce n'est pas de la Gomina qu'il te faut, Martin, lui lançait le patron, c'est de la merde de poule !

Et Moïse, qui avait de la réplique :

— Les filles aiment l'odeur de l'huile, patron !

Il avait l'avantage de l'oreille. Il serait né dans un château il serait devenu musicien, il prétendait avoir l'oreille absolue et pouvoir imiter, ainsi, les chants des oiseaux. Quand un moteur ne tournait pas rond, il demandait :

— Taisez-vous !… Vous entendez ?…

— Quoi ?

Il prenait le tournevis, la clé sur l'établi, un petit coup d'huile ou de graisse – la bougresse ! –, il avait raison, le moteur ronflait. Le patron l'appelait quand il avait du mal :

— Vas-y, toi !

Moïse descendait dans la fosse, les fossettes sur les joues.

Clovis a dit qu'ils ont été très vite inséparables. Le père et la mère de Clovis avaient une épicerie à l'Houmeau. Les dimanches, il montait retrouver, place du Mûrier, son camarade, qui aidait au magasin ces matins-là et roulait du fournil la grande panière d'osier tressé. Moïse disait « ma belle » ou « ma chérie » aux filles qui sortaient de la messe à la cathédrale en leur servant leur pain, et les faisait rire. Il n'était pas plus beau qu'un autre – Clovis était plus grand que lui – mais il avait quelque chose, il était gentil, rieur, ces fossettes aux joues qui donnaient aux filles l'envie de les croquer.

Il a aimé son camarade, nous a dit Clovis. Ils ont pêché ensemble dans la Charente, près de l'Écluse. Il a vu la vie là-bas, la mère transparente comme un fantôme, le père à figure d'alcoolique. Moïse n'en avait pas honte. Les écrevisses grouillaient dans le fleuve. Ils ont soulevé quelques nasses de professionnels. Moïse lui a raconté avec son rire comme un galet du fleuve qu'un jour des pêcheurs l'avaient surpris à braconner leurs engins et il avait pris une raclée. Il a soulevé la mèche de cheveux sur son front et montré la cicatrice. Il a lancé le cri sauvage du dindon qui glougloute.

— Ça ne m'empêche pas de recommencer !

Son petit frère, Roger, était sur la barque à pêcher avec eux et riait de l'audace et des plaisanteries de Moïse. Il n'a plus ri au moment de leur départ.

— Il s'embête avec les parents, ici, a dit Moïse. Il voudrait venir à Angoulême avec nous, mais il est trop jeune.

Moïse a passé le bras autour des épaules de son frère encore gringalet et, tout bas – leur mère était en sarrau noir sur le seuil de la maison :

— Tu viendras, je te le promets, mais attends encore un peu.

Le petit a hoché le menton, ses yeux bleus humides.

Les deux amis étaient ensemble, le lundi 24 juin 1940, quand les Allemands sont arrivés à Angoulême. Le patron avait retiré le levier de la pompe à essence et fermé le garage. La ville était barricadée. Le bruit courait, depuis le matin, que les chleuhs étaient tout près.

Il faisait beau. Moïse était sûr qu'ils arriveraient par la route du nord, c'était logique.

— Du Jardin vert, on les verra.

Ils ont attendu sous le tulipier, jusqu'au début de l'après-midi. Le vent de sud soufflait sur la ville. Moïse avait apporté un quignon de pain de la boulangerie.

Ils n'entendaient rien. Aucun bruit. Pas un moteur. Angoulême était comme morte. La houle du vent dans les branches s'enflait par moments.

À cause d'elle, ils ont été surpris par l'avion qui s'est trouvé soudain au-dessus d'eux et a piqué en déclenchant sa sirène. Ils ont cru qu'il allait tirer, mais ils étaient à l'abri sous l'arbre. Son ombre a glissé sur le tulipier, ils ont vu sous ses ailes ses croix à crochets.

— Il faudrait qu'on se fabrique un avion, a dit Moïse par-dessus le bruit du moteur.

Clovis s'est demandé s'il parlait sérieusement.

— C'est possible, a ajouté Moïse alors que l'avion s'éloignait. Tu as entendu parler de De Goué ?

Guillaume de Goué avait lancé sa machine volante du sommet des remparts au printemps 1801. Son engin avait volé trois cents mètres et s'était écrasé en bas. Il s'en était tiré avec une jambe cassée.

Le vent soulevait la poussière sur les deux ponts de la Charente et la fouettait contre la façade de la papeterie et la réclame en bleu *JE NE FUME QUE LE NIL.*

— Les voilà ! a murmuré Moïse.

C'était normal qu'il ait entendu le premier.

Trois motos ont surgi du tournant et roulé lentement sur les ponts. Elles se sont arrêtées au carrefour. Les motards étaient casqués, bottés, la mitraillette en travers de la poitrine, ils se sont retournés et un premier camion est apparu dans la courbe de la grand-route, deux, trois, quatre, un char, un half-track, Moïse chuchotait les noms des véhicules bizarres, des voitures, des motos, des side-cars, et il ajoutait à chaque fois « Putain ! ».

Les camions débâchés débordaient de soldats. Certains arrivaient à pied, l'arme au poing, de chaque côté de la route.

Et ça continuait. Un fleuve par-dessus le fleuve Charente, du matériel lourd, des soldats vert-de-gris.

— Est-ce que les ponts vont résister ?

Une odeur de gas-oil planait. Moïse a craché.

— Putain !

Les Allemands avaient stationné deux canons au carrefour, pointés vers les hauteurs de la ville, et le tulipier se trouvait dans l'alignement. Un escadron caracolait à cheval.

— Des chevaux français qu'ils ont volés !

Ils prenaient l'avenue de Cognac et remontaient vers le centre. Ça a duré longtemps, une heure, peut-être deux, l'air pourri de fumées pleuvait en poussières noires.

Moïse décollait de ses lèvres la cigarette qu'il n'avait pas allumée et crachait encore.

— Arrête ! lui a dit Clovis.

Ils ont fini par rentrer à la boulangerie et ils ont voulu ressortir, après souper. Clovis mangeait quelquefois à la boulangerie et Moïse à l'épicerie. Marcelle n'était pas tranquille. Elle a essayé de retenir son frère. Clovis redescendait à l'Houmeau. Moïse l'a accompagné.

En juin, les soirées sont longues. La ville avait recommencé à bouger. Le vent était tombé. Les bannières à croix gammée étaient déjà déployées sur la façade de l'hôtel de ville. Des hommes en chemisettes, des femmes en robes légères, attablés en face, à la terrasse du café, des Français parlaient aux chleuhs, ça discutait, riait.

Moïse a tiré Clovis par la manche et ils sont passés au large pour descendre la rue de Marengo jusqu'au Champ-de-Mars. Il y avait du monde ; presque, déjà, la vie ordinaire. Le matériel était aligné, impeccable, sur la place et dans la caserne, les chars, les canons, les camions, les voitures, les side-cars, par catégories comme à la parade. De grands chleuhs blonds montaient la garde. Les gens s'étaient attroupés à distance et se taisaient. Quelqu'un a murmuré :

— Il va falloir les supporter.

Moïse a réagi :
— On n'est pas obligés.
Son voisin s'est retourné.
— Qu'est-ce que tu veux faire ?
Et Moïse :
— On a ce qu'on a mérité.

4

Clovis nous a dit qu'en 1941 le patron a vendu d'occasion à Moïse la moto Terrot qu'il a aménagée en biplace, avec siège sur le porte-bagages et repose-pieds au-dessus du pot d'échappement. Il est monté derrière lui et a même eu droit de prendre le guidon un peu aussi. Les repose-pieds à l'arrière étaient placés haut. Comme il était grand, il laissait souvent ses jambes flotter de chaque côté. Moïse s'en apercevait et lui reprochait de le déséquilibrer :

— Appuie tes pieds !

Au rappel de ces souvenirs, le vieux Clovis souriait. Il nous avait assis dans son petit atelier du fond de son jardin, qu'il appelait sa « cambuse », boulevard

Alsace-Lorraine. Pierre nous avait donné son adresse. Il n'avait pas bougé d'Angoulême. Sa femme et lui avaient acheté cette maison de pierre blanche en 1952, l'année de leur mariage, et il avait fait toute sa carrière chez Barouilhet.

Sa femme s'est excusée de nous recevoir en tablier de cuisine, qu'elle a enlevé, et nous a dit que son homme passait ses journées au fond du jardin. Elle nous a précédés dans l'allée entre les carrés de tomates et de haricots à rames. Des graines pour les petits oiseaux garnissaient une planchette sur un piquet. Nous n'étions pas sûrs que Clovis nous reçoive. Nous débarquions sans prévenir avec des questions sur le passé. Peut-être ne se souviendrait-il pas ou n'aurait-il pas envie de ruminer les vieilles histoires.

La porte de l'atelier était fermée. Elle l'a poussée. Ils avaient quatre-vingt-neuf ans tous les deux. Ils se ressemblaient, grands et secs, dos voûtés, mêmes figures longues et mentons carrés, curieusement une ride profonde partie du coin des paupières et descendant jusqu'au bas des joues creusait leurs deux visages. Ce sont des choses qui arrivent, à vivre ensemble.

— Tu aurais pu te raser… lui a reproché sa femme.

— Je ne savais pas que j'aurais de la visite, s'est-il excusé en passant les doigts sur la barbe grise de trois ou quatre jours qui lui hérissait les joues.

Un vélo d'enfant aux roues démontées pendait aux crochets d'une potence en chaînes de vélo.

— Je répare la bicyclette de la petite voisine. Ça me fait plaisir de dépanner les gens du quartier.

Il a débarrassé la table de bois brut de ses clés, boîtes de bouillon Kub remplies de boulons et d'écrous, chambres à air. Nous nous sommes assis sur les tabourets, sous la lumière jaune de l'ampoule.

Elle a dit :

— Vous prendrez un café tout à l'heure, à la maison.

Et lui :

— Pourquoi pas là ?

Elle est partie chercher les tasses et le sucre. L'atelier sentait bon l'huile, le vieux pneu, la graisse, le métal froid.

Il n'était pas bavard, mais, à mesure qu'il parlait, les plaisirs et les souffrances de sa jeunesse se réveillaient. Il a dit, en guettant le retour de sa femme, avec un petit sourire dans la barbe :

— Avant de connaître Moïse, je n'avais pas touché à une fille.

Il a sorti la botteleuse de sa poche de veste bleue et roulé une cigarette.

— À l'époque, je les roulais à la main. En vieillissant on devient fainéant.

Il a dit qu'en 1941 ils avaient dix-neuf ans. Des bals étaient organisés dans les granges en campagne. Ils filaient sur la moto dans la forêt de la Braconne, à La Rochefoucauld, Rancogne, jusqu'à la ligne de démarcation. Clovis avait bien vu que Moïse parlait à des gars, des filles, serrait des mains, glissait des billets.

— Qu'est-ce que tu fais ? l'interrogeait-il. Fais attention.

La tentative d'attentat contre le dépôt de munitions à la gare d'Angoulême a échoué en septembre.

En janvier 42, Moïse est sorti avec Geneviève Blanchet, la fille d'un viticulteur de Saint-Michel. Des yeux verts magnifiques et brillants comme des culs de bouteille. Elle était presque rousse, plus grande que lui, mais ce n'était pas un problème. La beunasse du père dominait la côte, elle la domine encore, à la sortie de Saint-Michel, l'allée au milieu des vignes bordées de noyers et de cyprès en alternance, des lions sur les piliers du porche, la maison à étage au fond de la cour, le balet d'un côté, de l'autre le chai aux tuiles noircies par la respiration du cognac.

— Je crois que ça pourrait être la bonne ! lui a soufflé Moïse.

Des plis joyeux lui étoilaient le tour des paupières.

— Tu travaillerais dans les vignes ?

— Si c'est chez moi, pourquoi pas ?

Le père vidangeait sa C4 chez Barouilhet. La fille Blanchet avait une sœur déjà mariée à un viticulteur. Mécano, par ces temps de misère, n'était pas une situation indigne. Le patron avait vanté son commis au père, qui savait que le jeune homme était le fils de l'ivrogne de l'Écluse, mais aussi le frère de la boulangère de la place du Mûrier. Le vigneron avait l'esprit large, il avait regardé Moïse s'activer sur son auto dans le garage, les sourcils froncés, en brossant sa moustache jaune, presque rousse. À la fin du mois de février, Geneviève s'asseyait sur le siège de la Terrot derrière Moïse.

C'est à cette époque-là qu'il a peint la moto en noir, le guidon, les rayons, le phare, les verres des feux arrière et avant, qu'il a débranchés. Il a adapté un silencieux sur le pot d'échappement. Il a demandé à sa sœur de teindre en noir l'une de ses combinaisons de mécano, qu'il enfilait certains soirs, après le travail, à l'heure du couvre-feu.

— Tu ne vas quand même pas à Saint-Michel maintenant ? Tu vas revenir dans la nuit. Tu es fou…

— Les chleuhs ne me verront pas. Les rousses ont un goût de framboise !

— Tu vas téter ta gougoutte ! lui a dit le patron.

Moïse avait coché les nuits sans lune, ou un quartier, sur le calendrier cloué au portail du garage. Il choisissait les soirs de temps gris, donnait le coup de pied sur le kick de la moto, le moteur bourdonnait à peine. Il glissait sa mèche de cheveux sous le casque, ganté de noir, clignait de l'œil, amoureux.

Il avait montré à son ami la cagoule qu'il se glissait sur la tête quand il revenait de son rendez-vous, on ne lui voyait plus que les yeux. Il riait.

— Les patrouilles ne me trouveront pas. Je vois avec mes oreilles !

Et c'était sûrement vrai. Clovis nous a dit qu'il était jaloux. Il s'est tu un moment pour rouler une seconde cigarette qu'il a posée en réserve sur la botteleuse. Il avait rallumé déjà la première, qu'il avait laissée s'éteindre plusieurs fois. Il tirait de petites bouffées gourmandes sur le côté pendant qu'il parlait.

Les amours de Moïse ont duré jusqu'au 5 avril, le jour de Pâques. Le père Blanchet l'avait invité à déjeuner pour la première fois à Saint-Michel. Moïse avait promis des cornuelles de la boulangerie de sa sœur à sa fiancée, il appelait maintenant Geneviève « ma fiancée ».

La cornuelle est un gâteau sec et plat, en forme de triangle isocèle d'une douzaine de centimètres de large, au centre percé d'un trou et aux bords en général dentelés. Le trou permettait, paraît-il, d'y glisser le brin de buis bénit de la fête des Rameaux.

Traditionnellement, elles se vendaient à la sortie de l'église. La pâte sablée et badigeonnée de jaune d'œuf pour lui donner un aspect brillant est agrémentée de petits bonbons à l'anis, roses et blancs. Les boulangers et les pâtissiers se sont emparés de la recette, et proposent aujourd'hui des cornuelles à base de pâte feuilletée ou de pâte à choux fourrées à la crème Chantilly ou parfumées à la fleur d'oranger. La forme triangulaire du biscuit représenterait la Sainte Trinité, les trois angles rappelant le Père, le Fils et le Saint-Esprit. Les historiens des sociétés savantes font remonter la cornuelle aux fêtes païennes et priapiques du printemps, le triangle évoquant le pubis, le trou n'étant pas destiné au brin de buis. L'Église l'a récupérée et a consacré le trou.

La journée de Pâques s'est parfaitement passée. Les cornuelles de Marcelle étaient peut-être les meilleures d'Angoulême. La mère Blanchet a assis Moïse à côté de Geneviève. Il faisait frais encore, un grand feu flambait dans la salle à manger. Les Blanchet mangeaient d'habitude dans la cuisine, la salle à manger servait deux à trois fois dans l'année, et le service de porcelaine, les verres à pied, les couverts en argent, les couteaux à manche d'ivoire. Le père Blanchet a sorti la bouteille de cognac vieux à la fin du déjeuner. Lui et Moïse se sont approchés du feu. Les fauteuils Voltaire à oreilles étaient profonds. Ils ont chauffé leurs verres de cognac dans le creux de leurs mains.

Les gens de Saint-Michel ont vu passer les amoureux sur la moto au milieu de l'après-midi. Geneviève serrait Moïse, la tête pressée sur son dos, ses cheveux rouges échappés du casque sur les côtés, dans une presque indécente étreinte autour de sa taille.

« On a fêté Pâques avant les Rameaux ! On fait attention… » avait avoué Moïse, un matin, à Clovis.

Ils sont revenus à la brune. Le brouillard se levait. Moïse est resté dîner sans craindre la nuit. Il avait l'habitude. À 11 heures, le père Blanchet, qui avait laissé les amoureux dans les fauteuils Voltaire pour aller se coucher avec sa femme, est descendu en chemise et bonnet de nuit.

— Tu devrais t'en aller. Le brouillard est épais.

Moïse a ri.

— Tant mieux. Les chleuhs ne me verront pas.

Geneviève est sortie avec lui dans la cour. La nuit était froide, forcément sans lune, à cause du brouillard. Elle était inquiète, malgré tout.

— Tu vas réussir à rentrer ?

Les fumées les enveloppaient. Ils se touchaient sans se voir. Elle ne le lâchait pas. Ils ont poussé la moto dans la cour. Elle a entrouvert le portail, qui était toujours fermé. Il a donné le petit coup sur le kick. Le moteur a ronronné rauque tout bas.

Ils se sont encore embrassés. Elle frissonnait, elle sortait de la chaleur et s'était à peine couverte. Elle a dit qu'elle lui avait dit :

— T'en va pas.

Il a roulé dans l'allée. Elle a trottiné à côté de lui en le retenant encore. La vitesse a étiré leurs mains et leurs bras. Elle a fini par le lâcher.

Elle a dit plus tard en pleurant qu'elle n'imaginait pas que c'était leur dernière fois.

Qu'est-ce qui s'est passé ? Moïse n'est pas rentré place du Mûrier. Sa sœur ne l'a pas entendu ranger sa moto dans le corridor du fournil. Quand son beau-père s'est levé à 3 heures pour boulanger, il n'a pas vu non plus la Terrot, il est allé vérifier dans la chambre, qui était vide. Ils ont tout imaginé. Ils ont voulu espérer que les Blanchet avaient gardé Moïse à Saint-Michel à cause du brouillard à couper au couteau. Le lendemain était un jour férié, le lundi de Pâques, Moïse n'avait pas à embaucher chez Barouilhet.

L'éclaircie n'est venue qu'à midi. Un faisceau de soleil jaune s'est insinué entre les drapeaux des nuées qui traînaient et les a soulevées peu à peu. Et c'est à 3 heures qu'on les a trouvés, la Terrot et Moïse, dans la Charente, contre une pile du pont de Basseau. Ils n'étaient pas allés bien loin, il n'y a que trois kilomètres entre la beunasse des Blanchet et le pont.

Comment a-t-il fait pour tomber à cet endroit ? La route est droite. Il connaissait par cœur ce pont qu'il avait traversé dans le noir des dizaines de fois. Sans doute, il y avait le brouillard. La Charente était dérivée, et dans la vallée, le brouillard, ça devait être quelque chose.

Moïse avait raconté à Clovis, un jour d'inondation, que les vallées étaient des extensions vivantes des fleuves et que, lorsque l'envie les prenait, les fleuves se réinstallaient dans leur ancien lit. Il aimait les dérivées. La Charente trompait son monde. Elle était changeante. On la croyait nonchalante. Les dérivées de printemps étaient bonnes pour la pêche à l'anguille. Il emmenait alors Clovis pêcher avec lui. Il avait appris la Charente pendant son enfance à l'Écluse.

Les gendarmes (Moïse les appelait « les cognes ») ont conclu très vite à la noyade par accident. Le médecin légiste a confirmé. La température de l'eau de la Charente était de sept degrés. Les cognes ont vérifié. Les mauvaises langues ont dit que Moïse était une tête brûlée, il l'avait bien cherché. Il avait hérité de son père. Il était le fils de l'ivrogne de l'Écluse qui roulait dans les fossés. Est-ce qu'on circule par un temps pareil, pendant le couvre-feu, avec les Allemands partout ? Cette moto peinte en noir, était-ce normal ?

La version des gendarmes n'a satisfait ni Clovis, ni son patron. Moïse avait-il de l'eau dans les poumons, s'il s'était noyé ? Son visage était trop tuméfié, les plaies ouvertes à la bouche et au nez, le cuir chevelu déchiré comme si on l'avait frappé. Les cognes supposaient que la moto avait pu glisser sur une plaque d'huile perdue par un véhicule. Aucune tache d'huile ne salissait la route. Il n'y avait pas une trace de roue dans l'herbe des bas-côtés ni avant ni à hauteur du pont. Le tablier de pierre ne portait pas une éraflure, aucune trace de choc.

Comment avait-il pu, même par ce temps bouché, être aveugle à ce point et se précipiter dans la Charente ? Ce n'était pas vrai, pas lui, il n'avait pas bu, il avait refusé le cognac après le dîner. Il n'avait mis ni sa cagoule ni sa combinaison noire, à cause du brouillard. On les a retrouvées dans sa sacoche.

Les gendarmes ont expliqué les blessures par la violence de l'accident et peut-être du courant qui avait jeté le corps contre les piles du pont et les branches qui l'avaient arrêté. Et l'eau dans les poumons ? Bien sûr qu'il devait en avoir, puisqu'il était tombé dans la Charente au milieu de la nuit et qu'on ne l'avait repêché que le lendemain après-midi. Personne n'a vérifié. C'était la guerre. Les cognes commençaient à s'énerver des questions du patron et de son commis. Qu'est-ce qu'elles voulaient dire ? La moto masquée de Moïse servait-elle à des activités interdites ? Le garage était-il un lieu de trafic ? Est-ce qu'il dissimulait un nid de terroristes ?

Marcelle a dit que, de toute façon, qu'on ait tué son frère ou qu'il se soit noyé, la réponse à la question ne le ramènerait pas vivant. Elle a demandé au patron de ne pas ajouter d'autres misères à la douleur. Les uniformes noirs de la Gestapo s'étaient mis à rôder autour du garage et de la boulangerie. Le patron a admis les conclusions des gendarmes.

Clovis s'est demandé aussi où était passé le casque de Moïse, qui en ajustait toujours la mentonnière avec soin et disait, à raison, qu'il était son unique protection, il exigeait que Geneviève boucle le sien quand elle montait sur la moto derrière lui, alors qu'elle ne le voulait pas, par coquetterie, parce que le casque la décoiffait. Il l'a interrogée.

— Avait-il mis son casque quand il est parti ?

— Oui, sans doute… Il faisait nuit… Si !

— Tu es sûre ?

— Le cuir de la mentonnière m'a râpé la bouche quand je l'ai embrassé. Je le lui ai dit. On se cherchait. On ne se voyait pas.

Alors qu'était devenu ce casque ? S'il l'avait sur la tête au moment de l'accident, comment pouvait-il avoir le crâne défoncé et le cuir chevelu déchiré ? À moins qu'on ne le lui ait retiré. Qui ? Les miliciens ? Une patrouille boche ? Le manège de ses voyages chez les Blanchet avait pu être repéré. On l'avait vu circuler l'après-midi avec son amoureuse dans Saint-Michel. L'attendre dans le brouillard n'était pas difficile.

Moïse avait le tort de ne pas cacher ses opinions. Sa moto, Clovis en était certain, ne lui servait pas qu'à aller visiter Geneviève à Saint-Michel. Il ne lui avait jamais soufflé un mot sur ses activités mais certains soirs, à son exaltation, cette presque invitation à l'accompagner, son regard soucieux aussi, Clovis est persuadé qu'il avait d'autres rendez-vous plus risqués.

Moïse disait, comme tout le monde, « les boches », « les chleuhs », « les nazis » parfois, ou « les doryphores ». Mais plus souvent « l'ennemi ». Quand il disait l'ennemi, ses yeux devenaient très noirs, sa bouche comme sur le point de cracher.

— Ils ne sont pas nos amis, disait-il. On ne peut pas faire ami-ami avec nos ennemis, ça s'appelle la collaboration.

Il le disait bien fort, dans l'atelier. Les clients regardaient ailleurs, comme s'ils n'avaient pas entendu. Il précisait qu'il ne haïssait pas les Allemands, il haïssait l'Occupation, ils font de nous des rats, ils veulent qu'on rase les murs.

— Vous avez vu la ligne de démarcation ? Elle n'est pas loin. Vous imaginez un barbelé au milieu de l'atelier, de votre jardin ou de la cour de l'école ?

Les gens baissaient la tête. Qu'est-ce qu'ils y pouvaient ? En 1942, beaucoup étaient encore pétainistes. Moïse avait tort de parler comme ça. Il prenait des risques. Il était à la merci d'un coup tordu, un jour ou l'autre.

Clovis a allumé sa deuxième cigarette et est allé chercher dans le placard de l'atelier un vieux cahier aux pages écornées qui avait dû être rouge. Il a tourné les pages. Il l'avait récupéré dans le casier de Moïse, chez Barouilhet, après l'accident. Il était un peu à lui. Ils avaient dessiné dessus les plans de leur avion, mais c'étaient surtout des dessins de Moïse. L'idée lui était venue à la chasse aux alouettes. Roger, son petit frère, tirait sur la ficelle pour faire tourner le miroir. Les escadrilles d'alouettes arrivaient du fond du ciel et turluttaient, tireliraient, grisollaient. Il les imitait.

Elles descendaient en spirales, une aile vers le bas, l'autre vers le ciel, et tombaient comme des pierres, les ailes repliées, pour les déployer brusquement et s'arrêter sur place à quelques mètres à la verticale du miroir.

Elles bougeaient à peine, ailes ouvertes, appuyées sur l'air comme des nageuses immobiles, turlutte encore, quelques-unes les pattes sorties comme pour se poser sur les faisceaux de lumière. Elles étaient folles, magnifiques. Moïse avait préparé des pierres rondes, polies par le fleuve. Il attendait dans le fossé avec sa fronde aux élastiques noirs, la poche en cuir renforcé.

— Tire la ficelle, Roger ! Tire !

Le miroir tournait. Les alouettes les voyaient dans le fossé. Elles s'inclinaient un peu, s'éloignaient et revenaient vers la lumière. Il lançait la pierre. En un peu plus d'une heure, un matin de soleil et de ciel bleu, ils alignaient une vingtaine de petits oiseaux au ventre blanc, chamois clair, dans l'herbe du fossé.

Moïse a dit à Clovis que les martinets prenaient des virages à quatre-vingt-dix degrés à pleine vitesse et entraient comme un trait dans les trous du mur sous le toit de la maison de l'Écluse, mais c'étaient les minuscules alouettes qui lui avaient donné l'envie de voler. Le vieux mécano nous a montré l'écriture ronde de son ami à gros caractères appuyés sur le cahier, légèrement inclinée vers la gauche, la barre des *t* longue, des majuscules inutiles par endroits, la sienne à côté était plus pointue, plus petite, plus serrée. La guerre a stoppé leur projet d'aviation. Les matériaux manquaient. Ils avaient pédalé des dimanches, avant la guerre, jusqu'à l'aérodrome de Bel Air pour admirer les aéroplanes. Ils avaient relevé des chiffres, des proportions, esquissé des envergures d'ailes, des longueurs de fuselage. Le patron avait un hangar près de la gare. Ils prévoyaient des ailes amovibles. Moïse avait montré leur cahier au patron.

— L'avion n'a pas besoin d'être grand, un biplace. On l'appellera « le Pou du ciel ». Le pou vole d'une tête à l'autre, un cheveu lui suffit pour atterrir.

— J'ai compris ! avait répondu le patron en fronçant ses sourcils broussailleux.

Mais il avait souri et il avait eu envie de les suivre.

C'est lui qui leur avait suggéré le moteur de moto Vincent, léger, puissant, deux cent cinquante centimètres cubes. Ils n'avaient pas l'argent pour l'acheter. Il a proposé de les aider. Ils avaient commencé à tendre la toile sur l'ossature de bois de peuplier et de fer. Ils ont passé des soirées jusqu'après minuit pendant la drôle de guerre. La partie centrale était bien avancée. Ils avaient déjà acheté la peinture bleue. Mais avec les chleuhs désormais…

Moïse parlait davantage penché sur un chantier, comme si ses pensées s'ordonnaient mieux en même temps qu'il manipulait une clé ou un tournevis. Il lançait ses sifflets d'oiseau, racontait les filles. Clovis écoutait surtout, mais il aimait être embarqué par son camarade, il ne se serait jamais lancé à construire un avion tout seul, il n'avait pas cette imagination et ce culot. Et Moïse l'aurait-il fait sans Clovis ? Il fallait être deux sur le chantier, Clovis était aussi adroit, aussi fort que Moïse, et son camarade avait besoin d'un compagnon.

Ils ne sont pas allés souvent au hangar après, à cause du couvre-feu, et puis un avion, c'était dangereux.

— Laissez tomber, les gars, leur avait dit le patron, ils en embarquent d'autres pour moins que ça, ils vont se demander ce que vous fabriquez. Vous continuerez quand ils seront partis. Ils finiront bien par partir un jour…

Ils n'ont pas eu de moteur Vincent. Le Pou est resté en plan. Moïse avait pourtant soufflé à Clovis, après l'arrivée des Allemands sur le Champ-de-Mars :

— D'un saut de Pou, on passera en Espagne, de l'Espagne en Afrique du Nord...

Et puis il avait bricolé la Terrot. Et il y avait eu Geneviève.

Clovis nous a cependant affirmé qu'il était convaincu que, si Moïse avait vécu, ils auraient volé. Le Pou, tel qu'ils l'avaient imaginé, moteur Vincent ou un autre, était raisonnable. Ni lui ni Moïse n'étaient du genre à ne pas aller au bout. Ils étaient des mécanos. Moïse lui avait même dit, quelques jours avant Pâques :

« Si ça continue avec Geneviève, on mettra notre Pou à l'abri chez le père Blanchet, les bâtiments ne manquent pas. »

Nous avons demandé à Clovis s'il avait eu envie de continuer le Pou après la guerre.

— J'y ai pensé. Avec le patron, j'aurais pu. Mais sans Moïse, et après ce qui est arrivé avec Roger, impossible !

Il a tourné les pages du cahier d'écolier noircies par endroits par des doigts de cambouis.

— Est-ce que vous avez pris l'avion, un jour ?

— Jamais. J'aurais pu. J'ai le cahier, ça suffit…

Il s'est levé et a marché à nouveau lentement vers le placard et la photo, noir et blanc, de Poulidor sur son vélo dans son maillot Mercier punaisée sur la porte, en expliquant :

— Les oiseaux volent en *V* ou en *I* comme les coureurs dans un peloton. Ceux de derrière profitent de l'abri des premiers.

Il est revenu avec une boîte à chaussures enveloppée dans du papier journal serré par une ficelle poussiéreuse qu'il a dénouée. Pour la première fois, sa main a tremblé quand il a soulevé le couvercle.

Nous nous sommes levés pour voir. Sa pomme d'Adam a remonté le long de son cou maigre.

— C'est le phare de la moto de Moïse…

Sa femme a chuchoté :

— Vous avez de la chance qu'il vous le montre.

Il a soulevé le phare dans ses deux mains, avec ses fils de branchement qui pendaient comme d'un œil arraché, un énorme bloc oculaire. La rouille cloquait le noir de la peinture par endroits, une large éraflure l'avait décollée sur le verre et on distinguait l'argent métallique terni de l'intérieur et l'ampoule. Nous n'osions pas y toucher.

— Vous pouvez le prendre. La moto avait cette couleur. Nous l'avons récupérée après l'accident. Elle est restée pendant la guerre dans l'appentis derrière le garage. Nous prélevions des pièces dessus en dépannage. Je regrette de ne pas avoir emporté toute la moto chez moi.

— Qu'est-ce que tu en ferais ? a murmuré sa femme.

La pomme d'Adam a monté et descendu le long du cou de Clovis.

5

Le cimetière de Martignac était autrefois autour de la vieille église romane, il a été déplacé, les morts avec, à la sortie du village près de la voie de chemin de fer, au milieu des vignes. Les propriétaires ont pu édifier, là-bas, leurs chapelles mortuaires aux airs de petits châteaux de *La Belle au bois dormant*.

Les cimetières racontent la vie des morts. Il y a quelque chose de cossu dans les constructions funéraires charentaises. Le succès des eaux-de-vie au XXe siècle est passé par là. Les noms des grandes familles du pays sont gravés au fronton des chapelles. La rivalité des grosses beunasses de cognac s'affiche jusque-là. La pierre douce de Charente était facile à travailler. À l'époque de l'opulence c'était à qui aurait le plus haut chapiteau, la plus jolie frise, le clocheton le plus glorieux.

Marcelle et Roger ont tenu par le bras leur mère maigre à faire peur, pâle comme un fantôme dans sa robe noire, derrière le cercueil de Moïse, nous a dit Clovis. C'était en avril. Elle semblait ne rien voir, ni entendre. Les tourterelles gémissaient dans les tilleuls de la place de l'église. Se rendait-elle bien compte de ce qui se passait ? Quand Marcelle était venue lui annoncer le malheur, elle avait demandé :

— Qui ? Mon Moïse ?

Ses genoux ont ployé. Sa fille l'a retenue de tomber. Des femmes ont chuchoté :

— Il était le préféré de sa mère.

Elle l'avait appelé Moïse, parce qu'il était sauvé des eaux. La Charente dérivait la nuit de sa naissance et, avant que son père soit revenu avec la sage-femme sur la barque, elle avait coupé le cordon et s'était débrouillée toute seule, Moïse était né.

Entre Marcelle et Roger, elle avait les yeux comme noyés par le brouillard qui avait englouti son fils. Les gens disaient qu'il ne faudrait pas longtemps avant qu'elle le rejoigne, et ils ne se trompaient pas.

Il y avait du monde. À la campagne, quand quelqu'un disparaît, tout le monde se déplace, même si le mort n'était pas estimé. Tout le monde se connaît.

Les querelles, les jalousies, les histoires s'en vont avec lui. On s'habille. On vient. Même pour une pauvre famille comme les Martin de l'Écluse.

On n'enterre pas comme un chien. Ça serait se faire offense à soi-même. Il y a aussi de la curiosité, on veut savoir, comment le mort a passé, comment on le pleure, alors quand il s'agit d'un jeune comme Moïse et dans les circonstances d'un accident comme le sien, comment ne pas être là ?

Le père marchait à côté des trois, la figure lie-de-vin, les yeux rouges de sang. Certains ont dit qu'il avait bu. Ce n'était peut-être pas vrai. C'était son allure. Il avait toujours l'air de tituber.

Clovis était donc là. Le patron l'avait emmené dans son auto. Ils n'étaient pas du village, ne connaissaient personne. Ils se sont rangés au bord de la route à la sortie de l'église. Il faisait beau. Les cloches sonnaient le glas. Il a vu Roger qui tenait sa mère et pleurait. Le garçon avait seize ans, mais ne les faisait pas, sa figure était serrée comme un poing et il pleurait toutes les larmes de son corps.

Le patron s'est penché à l'oreille de Clovis :

— C'est beau, un frère qui pleure son aîné comme ça.

La femme aux cheveux cachés sous un châle de laine à côté d'eux a tourné la tête et fait un signe, un mouvement des paupières pour dire qu'elle était d'accord.

Ils ont pris le pas du cortège derrière le cheval du corbillard. Il y avait des jeunes, des vieux, des femmes surtout, des robes noires, des manteaux, des foulards, des chapeaux, des couleurs de guerre. Beaucoup de jeunes hommes des générations d'avant Clovis et Moïse étaient dans les stalags en Germanie. Le silence s'expliquait aussi par ça, les visages tristes malgré le soleil. Avant la guerre, dès les cinquième ou sixième rangs du cortège, même à un enterrement de jeune comme lui, après quelques pas, au sortir de la place, surtout par ce beau temps, les bourdonnements de voix grandissaient, les commentaires, les rires parfois, les hommes se retrouvaient à la buvette après le cimetière.

L'enclos des morts est à droite avant le passage à niveau, dans le méplat de la vallée. La route tourne après, à travers le cirque des collines et les cordons de vignes. Les défunts de Martignac n'ont pas à se plaindre. Ils reposent au milieu de leurs champs.

Comme le corbillard franchissait le portail, le patron a donné du coude à Clovis et montré, là-haut, dans la côte du Rompi.

— Regarde !

Il n'était pas le seul à avoir vu. Les gens levaient la tête. À mi-côte, un side-car vert-de-gris stationnait sur le bas-côté. Deux soldats allemands, debout, immobiles, casqués, observaient la foule. Qu'est-ce qu'ils faisaient là ? Qu'est-ce qu'ils voulaient voir ? Ils cherchaient quelque chose ? Était-il possible qu'ils s'y trouvent par hasard et se soient arrêtés pour ne pas se heurter au convoi du village ?

La tombe des Martin était au fond du cimetière contre le mur, un simple caveau à ras de sol. Mais un ange de pierre joliment sculpté, une croix dans les mains, manifestait la gloire de l'Écluse au temps de sa splendeur.

Marcelle a présenté le patron à sa mère quand il s'est avancé pour les condoléances, et Clovis :

— Le collègue et ami de Moïse…

Le jeune Roger a serré leurs mains entre ses doigts fiévreux et les a regardés, pleurant encore comme un drôle, comme s'il les appelait au secours. Il était prévu depuis le début de l'année qu'il entre en apprentissage et rejoigne Moïse au garage après Pâques. Il déménagerait à Angoulême et partagerait la chambre de son frère, chez Marcelle. La cotte bleue était achetée et il était descendu se montrer comme ça chez Barouilhet, fier en mécano au milieu du garage. Les gars avaient entouré les deux frères. Le patron avait prévenu :

« Attention, petit ! À l'atelier, ton frère ne sera plus ton frère. Il te rentrera la mécanique dans la peau comme les autres ! »

Roger avait tellement attendu ce moment. La guerre avait repoussé la date. En attendant, il avait travaillé dans les vignes avec son père et ça ne déplaisait pas au patron. Lui aussi avait tiré le cavaillon, taillé les bois et porté le baquet de vendange avant de pratiquer le métier.

Quand le drôle a embauché au garage, quatre jours après l'enterrement, ils ne se sont aperçus de rien d'abord, ils évitaient de le regarder et de s'arrêter à sa figure grise. Il s'obligeait à sourire triste. Ils l'appelaient « le drôle », parce que c'était le mot, on était drôle et drôlesse quand on n'était pas un homme et une femme finis. Quand leur regard croisait le sien, qui n'était pourtant pas celui de Moïse, ils pensaient forcément à lui.

Roger ne ressemblait pas à son frère, plus petit, plus chétif, la figure pointue, presque maladif. On voyait tout de suite qu'il avait pris du côté de sa mère. Moïse tenait du père. Mais les deux frères avaient la même chevelure brune bas sur le front et les fossettes du sourire.

Le ciel était chargé, ce matin d'embauche. Le jour, mal levé. Une averse finissait de s'égoutter. Lorsque le temps est devenu plus clair, ils ont découvert que Roger ne portait pas la cotte neuve avec laquelle il s'était montré lors de sa visite. Il avait mis celle de Moïse, aux jambes trop longues qui lui tombaient en accordéon sur les souliers. Il portait aussi sa veste de toile aux épaules trop larges dont il avait retourné les manches.

Le patron lui a demandé, comme s'il était fâché :

— Tu as pris le bleu de ton frère ?

Roger a hoché la tête.

— Pourquoi ?

— Parce que… il est en bon état…

— Il n'est pas un peu trop grand pour toi ?

Quand le patron parlait comme ça, en roulant l'air de rien une cigarette, les longs poils noirs et blancs de la moustache tombés sur les lèvres, il avait quelque chose d'impressionnant pour un drôle.

Roger a répondu :

— Si.

— Tu te rends compte de ce que tu t'es mis sur le dos ? Tu as du chemin à faire…

Roger a hoché la tête.

— Je sais…

Il a levé les yeux, mouillés.

— Je l'ai fait exprès.

Le patron a allumé sa cigarette et, en soufflant la fumée :

— On ne remplace pas ceux qui sont partis.

Le lendemain, Roger est revenu quand même avec le bleu de Moïse. Les culottes n'étaient plus en accordéon. Il avait demandé à sa sœur de lui coudre les ourlets. La toile de ces bleus était inusable.

C'est vrai qu'on était en 42 et qu'il fallait économiser. La Feldgendarmerie raflait les Juifs à La Rochefoucauld. Les chiens aboyaient à la descente du train et les soldats enfermaient dans la halle aux grains ceux qu'ils avaient arrêtés avant de les conduire à la prison d'Angoulême. Le travail ne manquait pas chez Barouilhet. Il est arrivé que parfois, quand il était content de Roger, le patron l'ait appelé « Petit Moïse ». Il n'aurait peut-être pas dû.

Roger était à la fois culotté comme son frère et timide, secret, bizarre, sentimental, trop, la larme à l'œil, quelquefois pour rien, une réflexion, un reproche, les paroles d'une chanson. Clovis a dit qu'avec Roger on ne savait jamais.

Marcelle a fait tout ce qu'elle a pu pour son petit frère. Avec la guerre, les affaires de la boulangerie ne marchaient plus comme avant. La farine manquait. Son homme était prisonnier mais, avant de partir, il lui avait fait Pierre, leur fils, qui était né en 1941. Le beau-père avait repris du service pour remplacer le fils au pétrin, mais les manières des vieux n'étaient pas celles de la jeunesse, la vie commune était compliquée.

Marcelle courait au magasin, au four, dans la chambre, où elle donnait le sein à Pierre, dans la cuisine, où elle surveillait la petite bonne, Camille, qui ne s'en donnait pas pour se faire mal. Elle s'est arrêtée plusieurs fois chez Barouilhet en revenant de la gare, où elle portait le pain dans une remorque à roues de bicyclette. Elle entrait, belle femme, des seins hauts, des hanches, obligée de se débrouiller et formée, à force, à commander, à faire, une femme de guerre, bien obligée, en sandalettes ou en talons à semelles de bois, les cheveux relevés à la mode de l'époque, une odeur de bon pain autour d'elle. Son homme avait une auto sous des couvertures, à l'abri d'un appentis dans l'arrière-cour de la boulangerie, mais elle ne conduisait pas, à l'époque aucune femme ne conduisait à Angoulême.

Elle disait pourtant :

— Je conduirais s'il le fallait, si on avait dû partir sur les routes comme tous ces malheureux qui sont arrivés chez nous avec quelques affaires…

Elle prenait des nouvelles de Roger, ce qu'il faisait, s'il ne parlait pas trop, s'il était courageux, s'il travaillait bien. Est-ce qu'il écoute ? Il obéit ?

Ça ne plaisait pas à Roger, qui faisait semblant de ne pas entendre et se cachait.

Mais les nouvelles du petit frère n'étaient pas mauvaises. Roger avait vite compris que quand une auto s'arrêtait devant la pompe il devait aller servir l'essence plutôt que déranger Clovis ou le patron penchés sous un capot. Il parlait aux clients, soulevait sa casquette, le sourire à fossettes, poli, aimable, il plaisait. Il était vif, pas bête, et le patron était convaincu qu'ils en feraient un mécanicien.

Il avait enregistré les noms des clés et des pinces et il courait les chercher sur le tableau au-dessus de l'établi avant qu'on les demande.

— Tu comprends vite, le félicitait le patron.

Roger a raconté à Clovis la raclée quand les pêcheurs l'avaient surpris avec son frère à relever leurs engins sur la Charente. Pas contre lui, il était petit encore, mais les pêcheurs avaient sorti Moïse, douze ans, du bateau. Ils étaient trois. Ils l'avaient traîné sur la rive et, à coups de poings, de pieds, avec des godillots… Roger avait tout vu. Il criait sur le bateau. Il a cru qu'ils avaient tué son frère, qui ne bougeait plus. Ils lui ont cassé des côtes, massacré les mains, le nez, le menton. Il a aidé Moïse à remonter sur la barque. Le poisson qu'ils rapportaient, leur père le vendait dans les hôtels. Il a raconté la raclée plusieurs fois. Elle le hantait. Il connaissait ces hommes du pays. Il connaissait leurs noms. Des gens bien, soi-disant, respectés, avec de grosses beunasses, qu'il n'aimait pas, qu'il haïssait. Quelquefois les humiliations, les traumatismes de l'enfance bouleversent toute une vie.

Il a atteint sa taille d'homme cette année-là, sans devenir bien haut. Il essayait de laisser pousser une maigre moustache noire et le patron lui conseillait son traditionnel engrais, la merde de poule. Mais il avait une surprenante et profonde voix de contre-basse, et son rire, quand il éclatait, descendait dans les graves, Oh ! Oh ! Oh !, il en jouait et soulevait d'autres rires. Il a cherché la compagnie de Clovis, parce qu'il connaissait ses liens avec Moïse. Certains dimanches après-midi, il a roulé la poussette de Pierre avec Marcelle dans les rues d'Angoulême et ils sont descendus lui rendre visite à l'Houmeau.

Il y a eu l'histoire du maillot de bain du fils du patron à la fin du mois d'août. La corde à linge était tendue derrière le garage au ras de la falaise du Jardin vert. La femme de Barouilhet s'était déjà plainte de la disparition de petit linge sur le fil depuis quelque temps, des chaussettes, une serviette, un gant de toilette. Ce jour-là, c'était le maillot de bain rouge de Dédé, quinze ans, collégien à Saint-Paul. Le portail de la cour était fermé à clé, personne n'avait pu entrer, sauf le personnel du garage par la petite porte du fond.

Le patron a demandé d'ouvrir les caisses à outils, les placards. Un nouveau mécano, Auguste, avait été embauché depuis que les Allemands confiaient des véhicules à l'atelier. Barouilhet a ouvert son armoire pour faire comme tout le monde. Le garage et la maison du patron se serraient sur la corniche face à la vallée, personne n'aurait pris le risque de s'introduire en venant par en haut, du moins pour un maillot de bain.

— Et si c'était une pie ? a suggéré Clovis. Le Jardin vert en est plein. Votre femme met-elle assez d'épingles à son linge ?

Le patron a demandé qu'on retourne ses poches. Et puis :

— Je propose qu'on déboucle nos ceintures et qu'on baisse nos pantalons.

Roger a tiré sur sa chemise, quand il a déboutonné le sien, mais ils ont tout de suite vu le rouge. Il avait enfilé le maillot sur son slip.

— Pourquoi tu as fait ça ? Tu n'as pas de maillot de bain ?

Il baissait la tête.

— Non.

— Tu faisais comment, quand tu te baignais à l'Écluse ?

Il a relevé le menton, la culotte ouverte.

— On se baignait en slip ou sans rien.

— Tu sais que je devrais te virer ?

Roger tremblait. Dédé était là, sa mère aussi.

— Va l'enlever ! lui a commandé le patron.

Et comme Roger s'en allait vers les cabinets au fond du garage :

— Reviens !

Il s'est arrêté. Le patron a appuyé sa patte noire de cambouis sur son épaule.

— Tu veux que je passe l'éponge ?

Roger pleurait. Barouilhet a regardé sa femme, Dédé, Clovis, Auguste le nouveau mécano.

— Allez, ça suffit, on n'en parle plus, je ne le dirai pas à ta sœur. Vous en parlerez à personne, vous autres ? Mais tu ne recommenceras plus, hein ?

Roger a secoué la tête. Le patron l'a poussé dans le dos.

— Va…

Et quand il a été parti :

— On ne va pas le virer pour un vol de gamin. Je le fais pour lui, pour sa sœur, pour son frère.

Le lendemain, Roger a rapporté les chaussettes, la serviette, le gant de toilette et, étrangement, on aurait dit qu'il n'avait pas été pris en faute. Il s'est mêlé aux conversations de pneus et d'embrayage. Il a fait semblant de se glisser dans le nez le bouchon de graisse qu'il tenait sur le bout de son doigt, il a ri, Oh ! Oh ! Oh !, il a crié quand il a pris dans la figure la fumée du pot d'échappement défectueux. Lorsqu'il se mouchait, le patron montrait le noir de suie dans son mouchoir.

Sa mère n'a pas passé l'hiver, comme les gens l'avaient prédit. Elle est morte pendant les grands froids de janvier. La terre glaiseuse du cimetière était blanche de givre. L'eau avait gelé dans les flaques. Le vent soufflait de Russie, où les soldats se battaient à Stalingrad. Les gens étaient moins nombreux qu'à l'enterrement de Moïse. Le père de Roger portait une longue capote militaire même pas teinte en noir.

La mort était une délivrance pour la pauvre Céleste Martin. Elle avait trop souffert. Le malheur de perdre Moïse l'avait achevée. Qu'allait devenir son homme, seul désormais à l'Écluse avec sa bouteille ? Le vent à glace courait dans les allées du cimetière. Sa grille est tournée vers le nord. Marcelle répétait qu'elle était la seule à avoir connu sa petite maman, jeune, belle, pendant l'autre guerre, les gars l'avaient vue presque toujours couchée ou accroupie sur son pot de chambre. C'était difficile de vivre avec une mère malade. Roger a murmuré seulement à Clovis en revenant à l'atelier, le lendemain de l'enterrement :

— C'est trop. Moïse, et maintenant ma mère…

Peut-être que sans Camille rien ne serait arrivé. Moïse avait prévenu son frère, quand ils avaient décidé son installation à la boulangerie avec lui :

« Tu laisseras Camille tranquille ! Méfie-toi d'elle. »

Elle était bonne à la boulangerie depuis ses treize ans. Son père travaillait aux cimenteries de La Couronne. Roger en est tout de suite tombé amoureux. Elle était une fille de la ville. Il n'avait connu que des filles de la campagne. Elle savait y faire. Il la voyait tous les jours. Qu'est-ce qu'il savait des filles ?

Elle disait que son nez avait poussé plus vite que le reste et elle vérifiait sans cesse sa grosseur dans le miroir du couloir du magasin. Elle le donnait à toucher de l'index à Roger. Mais son nez pas laid était bien au milieu de sa figure en forme de cœur. Elle attachait ses longs cheveux châtains par un lacet, un ruban le dimanche, et les portait sur sa blouse blanche, comme Marcelle, dans le dos ou sur la poitrine.

Roger a dit qu'il dénouait derrière elle le lien de son tablier de devant ou le lacet de ses cheveux et qu'elle le laissait la poursuivre jusqu'à la porte de sa chambre, où il avait le droit de l'embrasser.

— Tu la suis dans la chambre ?

— La cloison du fournil est épaisse comme du papier. Le beau-père qui pétrit derrière entend tout…

Il a raconté à Clovis que, s'ils se mariaient après la guerre, ils ouvriraient un garage à La Couronne, c'était un bon endroit sur la route de Bordeaux, il avait tout pensé, le travail ne manquerait pas autour des cimenteries et de la papeterie, Camille était formée au commerce avec la boulangerie.

— Elle est d'accord ? Tu lui en as parlé ? Qu'est-ce qu'elle te dit ?

— Elle rit.

Elle est revenue de La Couronne, un lundi matin de mars, pour annoncer à Marcelle qu'elle venait prendre ses affaires, elle s'en allait. Elle la laissait dans l'embarras, mais les bonnes ne manquaient pas à Angoulême. Elle a rendu son tablier, sa blouse, elle était contente. Son amoureux, prisonnier en Allemagne, employé des cimenteries avec son père, avait été libéré. Elle retournait chez elle. Le mariage était prévu pour le mois de juin. Elle a embrassé petit Pierre, qui avait deux ans, vérifié son nez une dernière fois dans le couloir et elle est partie prendre le car, sans un au revoir à Roger au garage.

Clovis a pensé que ça avait été la goutte d'eau. Roger a été plus blessé qu'on aurait pu le croire. Il n'a plus été le même après. Il avait dix-sept ans. Elle était sa première fille. Elle fermait les yeux, disait-il, quand il l'embrassait. Il y avait eu, avant, ces morts de son frère et de sa mère. L'hiver à glace était derrière, en mars 43, la neige qui avait tenu pendant trois semaines avait fondu.

Le Hauptsturmführer Heinrich Knuchel prenait de l'essence chez Barouilhet. Il conduisait lui-même sa Mercedes avec des gants, noirs comme son uniforme et son auto. À chaque fois qu'il voyait une belle voiture, Moïse courait à la pompe, mais lorsque c'était Knuchel :

« Allez-y, je ne peux pas, je cracherais à la gueule de ce salaud ! »

Et il crachait.

Le siège de la Gestapo était avenue Wilson, à Angoulême. Roger a servi le nazi, puisqu'il le fallait. L'Allemand claquait les talons, les bottes impeccables, luisantes à se voir dedans, grand, raide, sec et blanc comme un cadavre, dépassant l'apprenti de la tête et des épaules. Clovis avait appris à Roger le refus de son frère d'aller à la pompe pour le SS et désormais, lorsque la Mercedes arrivait, comme son aîné, avant de sortir il crachait.

Quand a-t-il cessé de cracher ? Ce dont Clovis est certain, c'est qu'il a surpris au moins deux fois Roger en conversation avec Knuchel. C'était après Camille, début ou mi-avril. Moïse était mort depuis un an. Angoulême n'était plus en zone libre depuis le dernier 11 novembre. L'essence manquait. Les SS promenaient leurs chiens en laisse dans les rues de la ville. Knuchel parlait un français presque parfait en fumant une cigarette, pendant que Roger le servait. Et Roger lançait des coups d'œil derrière lui comme s'il craignait d'être surpris avec le gestapiste.

— Qu'est-ce que tu fricotes avec le boche ? lui a demandé Clovis la deuxième fois, quand il est rentré dans le garage.

— Je ne fricote pas. Knuchel me parle.

— Tu n'es pas obligé de lui répondre !

Clovis s'en est voulu, après. Il s'est demandé s'il n'aurait pas dû être plus vigilant, plus ferme. Il n'a peut-être pas assez aidé Roger, qui était encore un drôle et avait besoin d'être orienté. Rien que par amitié pour Moïse. Il n'a rien vu venir. Il nous a affirmé que, certains matins encore maintenant, cette pensée le mordait. Mais est-ce qu'on peut faire à la place des gens ? Knuchel, en tout cas, ne s'est pas trompé au sujet du drôle.

Le mardi de Pâques 27 avril 1943, Roger Martin n'est pas venu au garage. Marcelle ne savait pas où il était. Elle non plus ne s'était doutée de rien.

Il a quitté sa chambre en douce et laissé sur son lit ce message qui ne voulait rien dire : *Je suis parti.*

Il s'est en allé du garage le samedi soir, veille de Pâques, comme d'habitude, en saluant les gars avec son béret qu'il s'enfonçait jusqu'aux oreilles. Il a pris le chemin montant à travers le Jardin vert.

C'est vrai qu'à l'époque tout marchait à l'envers. Tout le monde se méfiait de tout le monde. Ils avaient parlé des cornuelles, ce dernier après-midi-là. Clovis s'en souvenait bien. Marcelle, avait dit Roger, avait demandé au beau-père d'en boulanger, malgré tout. La farine de blé était mélangée à de la farine de seigle, d'orge, de maïs et de fève. Et encore, il ne fallait pas se plaindre. À Paris, des boulangers affichaient sur leurs vitrines : *plus de pain, plus de farine, plus de combustible.*

6

Nous avons visité le Pays basque en octobre 1995. Le temps était magnifique. Les Basques affirmaient que l'été indien, chez eux, c'était tous les ans.

Notre hôtel donnait sur la mer. Lorsque nous sommes sortis de l'Arnaga, la villa d'Edmond Rostand à Cambo-les-Bains, nous avons demandé l'adresse d'une bonne table avec de la cuisine du pays. La jeune femme de l'accueil nous a indiqué le Gîte des Cimes.

— C'est facile. C'est sur la route des cimes. Vous verrez le panneau *Baratchateko Borda* à gauche. Le gîte est à deux cents mètres.

Elle a écrit le nom sur un papier. Nous avions du mal avec les mots basques.

La route tourne pour rejoindre la chaîne des collines face aux Pyrénées. Nous nous sommes égarés entre ces villages aux noms étranges, Halsou, Itxassou. Nous avons pris la direction d'Hasparren, au lieu de revenir vers Bayonne. L'heure du déjeuner allait être passée. Anne voulait rentrer à l'hôtel. Enfin nous avons découvert le panneau *Baratchateko Borda*, dans la descente à la sortie du virage, il était du mauvais côté.

Il était presque 14 heures. Nous avons quand même descendu le chemin défoncé, qui n'était pas encourageant. Mais le temps était si beau. Le soleil éblouissait les Pyrénées. La grosse maison blanche à colombages et volets verts s'appuyait à flanc de colline. Nous nous sommes avancés dans la cour. Des gens déjeunaient à l'ombre d'une treille aux feuilles tachées de roux.

Un petit homme aux tempes grises et au teint hâlé est sorti, le sourire aimable à fossettes, la veste blanche de cuisine boutonnée jusqu'à l'épaule, Roger Martin. Nous nous sommes excusés, nous nous étions perdus, est-ce qu'il était trop tard pour déjeuner ? Il nous a proposé au bar un petit verre de vin blanc de pays, bien frais, pendant qu'il nous préparait une table. Il y avait de l'axoa de veau maison et les fameuses profiteroles au chocolat du Gîte des Cimes, énormes, trois chacun, le chocolat très noir, la glace à la vanille de La Réunion.

Maïalen, Madeleine en basque, la femme de Roger Martin, a quitté sa cuisine pour venir nous saluer. Elle était plus haute, plus large que son homme, elle devait faire deux fois son poids, mais elle n'était ni grosse ni balourde, les joues rouges comme des fleurs de pêcher, la peau lustrée, l'accent du Sud, la chevelure fauve et gris, et ce que ses jupes cachaient était apte au mouvement énergique et au commandement.

Ils se sont assis à notre table. Roger Martin a apporté le café. Les mangeurs d'avant étaient partis. Il ne restait que nous sous la treille. Des insectes bourdonnaient dans les grappes confites qui n'avaient pas été cueillies.

— Nous les laissons pour nos abeilles. Elles ont le droit de se régaler, aussi.

Les chevaux rouges dans la prairie étaient à eux. On entendait un âne braire. Roger Martin levait vers nous son œil bleu et l'autre, infirme, comme de verre. Il nous a conseillé la dernière hauteur, là-bas, où la montagne tombe dans la mer, le point de vue sur la côte et l'océan. Anne leur a demandé s'ils auraient une chambre pour nous. C'était la saison creuse. C'était possible.

Nous avons décidé de déménager au gîte le lendemain.

— Tu les imagines au lit ? a murmuré Anne, tandis qu'en partant nous saluions Roger et Maïalen de la main.

Il a conduit notre randonnée équestre, dans la soirée du jour d'après. Les chevaux avaient des noms en *P*, Pablo, Paco. Nous avons traversé les champs de fougères que les paysans fauchent pour la litière des animaux. Pablo et Paco ont bu à la Nive. Roger Martin leur parlait en basque, en leur caressant le flanc.

— Regardez Pablo, il rit.

Le cheval a bougé les pieds et émis un bruit discret de gorge qui semblait vouloir dire : « Encore un peu, continue. »

Il nous a expliqué que ces chevaux étaient habitués à l'homme. Ils avaient des années de voltige derrière eux. Il les prenait un peu vieux pour les apprentis cavaliers en vacances.

Maïalen a grillé des palombes, le soir, sur les braises de la cheminée. La porte était ouverte sur la vallée. L'odeur de la viande sur le feu emplissait la salle aux tables toutes occupées. Roger allait de l'une à l'autre, rapide, presque au pas de course, assisté du jeune garçon d'écurie, qui avait troqué la culotte et la veste en jean pour le pantalon noir et la chemise blanche.

Et comme la veille, alors que la salle se vidait, Maïalen et Roger sont venus s'asseoir à notre table avec une autre bouteille d'irouléguy. Nous avons appris que le gîte n'était pas à eux mais à un riche marchand de chaussures à Bayonne et Biarritz, cousin de Maïalen. Roger était venu au Pays basque chasser la palombe, vingt ans plus tôt, et il était resté. Il avait rencontré Maïalen, car elle chassait aussi. Il a souri.

— Ma plus jolie palombe, c'est elle.

Il avait le défaut de ne pas être basque.

— Mais vous parlez la langue comme un Basque !

— C'est ce que vous croyez. La langue basque est une langue difficile. J'apprends encore tous les jours.

— C'était la condition pour être adopté ! a précisé Maïalen avec un sourire amusé.

Elle a ajouté :

— Mais il s'adapte partout. Il parlerait chinois s'il arrivait en Chine.

— Pas tout à fait partout, l'a corrigée Roger.

Ils se sont regardés. Anne s'est souvenue de ce regard, elle me l'a rappelé. Ils sont restés silencieux un moment, leurs yeux ont glissé vers le noir du dehors. À quel pays pensaient-ils, où Roger était allé et où il ne s'était pas adapté ? Nous avons imaginé une histoire intime, d'avant leur couple, un amour qui revenait les hanter.

Le cousin commerçant de Maïalen n'avait ni le temps ni le goût d'entretenir la grande maison de Baratchateko Borda, aux volets clos depuis longtemps. Elle et Roger s'y étaient installés d'abord dans les deux pièces qui abritaient la buanderie et la boulangerie de la ferme autrefois. Il a défriché la prairie sur le coteau et ils ont eu l'idée du gîte. Ils ont commencé prudemment. Le cousin était d'accord. Les thermes amenaient du monde à Cambo-les-Bains. Maïalen avait appris une cuisine de chasseurs aux Aldudes avec sa mère et sa grand-mère. Ils ont aménagé quelques chambres. Roger a mis des chevaux, des poneys, des ânes dans les prairies, des poules, des canards, des oies dans le poulailler. Des gens sont venus de Bayonne, Biarritz, savourer les confits et les profiteroles de Maïalen.

Nous sommes sortis nous asseoir, ce deuxième soir, le dos à la terrasse et à la treille, face à la vallée. La lune était levée. Les étoiles semblaient plus proches que chez nous, parce que nous étions sur une hauteur, peut-être aussi à cause de l'irouléguy. Les ânes dormaient. Des lumières bougeaient dans la montagne. Nous nous écoutions respirer. Roger nous a rejoints après avoir rangé la salle et nous a chuchoté sa passion palombière, tout bas, pour ne pas déranger la maison maintenant silencieuse.

Il disait « l'oiseau bleu ». Ils appellent la palombe ainsi, là-bas. Il lui a donné son nom basque, *urtzoa.*

Ce soir d'octobre là, le grand flux vers l'Afrique n'était pas lancé. Les palombes s'étaient arrêtées prendre des forces dans les réserves des Landes et du Gers. Le premier coup de froid les déciderait à franchir les Pyrénées en profitant des couloirs d'altitude plus basse de la montagne basque. Le dernier recensement au col de Sare et ailleurs en avait dénombré plus de deux millions.

Il a dit qu'en période de migration il ne fallait pas compter sur lui. La maladie bleue était une fièvre endémique. Elle les prenait tous. Maïalen non plus n'était pas guérie. Elle montait encore dans le mirador. Il nous a invités à revenir un jour, il nous emmènerait dans la palombière.

En octobre de l'année suivante, il m'a téléphoné, nous en étions convenus, le jour de la Saint-Luc :

— Elles arrivent !

Nous attendions son appel. La météo annonçait les premières gelées. Nous avons rejoint le Gîte des Cimes.

Nous nous sommes levés le lendemain, bien avant le jour, et nous avons mesuré la gravité de la bleuite dans le pays, déjà en alerte. Des chiens aboyaient dans la vallée quand nous sommes montés dans la camionnette. Nous avons suivi le lit de la Nive. Il y a quarante kilomètres entre Cambo et les Aldudes, où le frère de Maïalen avait sa palombière. La route était encombrée, les voitures roulaient aux phares, attelées de remorques à chiens.

Roger regardait sa montre. Nous étions en retard.

Lorsque nous sommes arrivés, ils nous attendaient en effet, le frère de Maïalen et sa femme, leur fils et sa jeune femme, leur petite-fille de huit ans, l'arrière-grand-père de quatre-vingt-cinq. Le jour était là. Des barbes de gelée blanche fleurissaient les feuilles du sous-bois. Nous avons bu le café bouillant dans la palombière dissimulée sous des fougères. Le frère de Maïalen disait que son père, qui était avec nous, lui avait assuré qu'il ne serait jamais un bon chasseur de palombes.

— Mais j'ai reconnu, a souri le grand-père, que je ne l'avais jamais été moi non plus !

Ils chassaient à la pantière, sans fusil, au filet.

Ils ont barré le large couloir ouvert dans le bois avec le grand rets dressé à la manivelle sur de hauts mâts. J'ai monté derrière le vieil homme les douze mètres d'échelle du mirador à l'orée du bois. Maïalen était charpentée comme cet homme tranquille, large, lourd, haut, grands pieds, mains épaisses. Le gras des Aldudes est de la viande, plaisantait Maïalen, rien à voir avec le gras des villes.

Et lui, tandis que nous escaladions avec nos lourds croquenots :

— Tant qu'ils me laissent monter à l'échelle, c'est que je ne suis pas en trop mauvais état.

À son poste, sur le mirador, il était le chef de la chasse.

La vue, là-haut, dominait, à trois cent soixante degrés au-dessus de la canopée, sur un ciel bleu roi de petit matin froid d'automne, plus clair à l'est, où le soleil s'annonçait.

— Le vent est au nord, a dit le grand-père, on peut espérer.

Son souffle gonflait des fumées. L'air sec piquait. Sous les plis des paupières, ses petits yeux marron balayaient sans cesse. Il suçait un sifflet à roulette.

— C'est pour signaler aux filetiers, en bas. Un coup, vol à gauche, deux coups, au milieu, trois coups, vol à droite.

Des frisures de nuages s'accrochaient aux flancs de la montagne. Nous avons attendu longtemps.

Un grand vol en désordre est passé à la verticale au-dessus de nous.

— Il y en a combien ?

— Mille au moins. Elles ne sont pas pour nous. Trop hautes.

— Pourquoi volent-elles si haut ?

— Des chasseurs les ont tirées avant, sans doute.

Nous entendions au loin des détonations de fusils. Il a ri.

— Elles seront pour nous l'année prochaine !

Et puis, au milieu de la matinée, le ciel avait pâli, des trains de nuages couleur de cendre commençaient à circuler et nous nous demandions si la chasse ne s'arrêterait pas là, lorsqu'il s'est agité, il a sifflé, un coup, deux, trois.

Je ne voyais rien. Il a tendu un doigt nerveux, à droite, derrière le nuage.

Elles arrivaient, une vague mouvante, une nuée, peut-être plus de mille encore, des points noirs aux éclats d'acier bleu, à bonne hauteur cette fois.

Il a sifflé à nouveau.

La belle-sœur de Maïalen et Anne, qui l'accompagnait, se sont dressées dans la prairie sur le coteau, en criant et agitant de longs drapeaux pour orienter le vol vers le couloir du bois. Le grand-père a lancé, l'une après l'autre, les palettes blanches entassées devant lui sur la planche.

Les éperviers au plumage blanc attaquent les vols de palombes par en dessous. Quand les palombes voient les palettes tomber, elles les prennent pour les rapaces et elles descendent à ras de montagne pour échapper à leur attaque.

Elles ont foncé dans l'entonnoir du bois comme des boulets de canon. Leur vitesse est alors aux alentours de cent vingt kilomètres/heure. Les plus folles ou les plus étourdies se sont précipitées dans le filet dont les filetiers ont abattu les mâts. Roger et son beau-frère ont accouru avec des sacs vers les prisonnières qui se débattaient sous les mailles et les ont fourrées dans les sacs. Nous sommes descendus. Ils en avaient pris seize.

Ils riaient basque. Ils étaient entre eux. La chasse à la pantière remonte au Moyen Âge, et même aux Romains. Ils se sont répété la chasse et les flottements du vol qu'ils avaient failli perdre et que les femmes, heureusement, avaient ramené vers la passe avec leurs « chattars », leurs drapeaux. Roger a félicité Anne, qui a dit que son père était, paraît-il, un fin chasseur de bécasses. Les hommes ont brandi leurs verres à la santé des femmes, les femmes ont agité leurs chattars, qu'elles avaient encore dans leurs mains, Anne rougissait de fierté, joyeuse comme si on l'avait citée au tableau d'honneur à la distribution des prix du lycée. Seize oiseaux bleus, c'était une belle chasse. Seize sur plus d'un millier, sans un tir de fusil. Dans la palombière, le pot de haricots finissait de cuire doucement sur le gaz. Ça sentait bon. Nous avons pioché avec nos couteaux dans le bocal de gros grillons basques. Après le café, le grand-père a débouché l'armagnac.

Nous sommes revenus aux Aldudes deux jours après, le vent avait tourné au sud. Nous n'avons pas pris une palombe.

Le virus nous a contaminés. Nous avons fait le voyage à Cambo autour de la Saint-Luc pendant quatre années successives. Notre ami nous a fait découvrir la chasse à l'appelant. Des palombes installées sur un mât et reliées à la palombière par un fil appellent les migrantes. On m'a mis un fusil dans les mains et j'ai guetté, posté, à la passée des oiseaux. Mais je suis un piètre tireur. Je fermerais plutôt les yeux au moment d'appuyer sur la détente.

Chaque voyage nous a rapprochés un peu plus du couple de nos amis. La complicité d'Anne avec eux m'a même surpris. Sa nature ne la porte pas à aller facilement vers les gens. Il y a toujours cette retenue, cette prudence. Elle a suivi Maïalen dans sa cuisine et s'est enveloppée dans ses larges tabliers pour mettre la main aux fourneaux du Gîte des Cimes et s'initier aux recettes basques. La voix d'ogresse de Maïalen s'élevait parmi les casseroles, leurs rires. Anne a demandé à Roger de nous organiser des randonnées alors qu'elle n'était pas sûre à cheval. Elle a dit :

— Ici, ce n'est pas pareil. Les chevaux de Roger sont gentils. Leurs pieds sont habitués à la montagne.

Elle était plus tranquille, plus bavarde. Je l'ai attribué aux vacances, au vin d'Irouléguy, à l'air basque. Elle a acquiescé :

— On est bien, ici. Si Edmond Rostand et des milliers de curistes viennent se soigner à Cambo, c'est qu'il y fait bon vivre.

Nos filles nous ont rejoints la troisième année. Nous leur avons appris les Aldudes, la palombière, les chattars. Elles ont caressé Paco, Pablo, avec Roger dans la prairie. Quand nous arrivions, désormais Maïalen nous enfermait dans ses grands bras.

— Comment ça va, la famille ?

Une, deux, trois, quatre bises. Elle ne nous lâchait qu'après la quatrième. Roger aussi, et son rire grave de contrebasse, Oh ! Oh ! Oh ! Anne appréciait ce mot, « famille ».

— Maïalen a raison, c'est vrai qu'on est avec eux comme en famille.

Je ne mesurais pas vraiment l'importance de ce qui était en train de se bâtir entre nous, du moins pour Anne. Je ne mettais pas la même chose dans nos relations. Je ne creuse sans doute pas aussi profond qu'elle. Plusieurs fois, dans l'année, entre les vacances, elle a été pendue au téléphone avec Roger et Maïalen en des discours interminables, elle si généralement silencieuse. J'étais content. Nos amis nous faisaient du bien.

Ils nous ont rendu visite dans la période creuse du gîte, au mois de février 2000. Ils ne voyageaient pas beaucoup. Lui avait envie de notre pays haut, qui lui a paru plat comparé à ses montagnes basques. Juliette et Joséphine étaient là. Elles ont aimé sa curiosité, sa vitalité, son sourire tout le temps. Juliette dit aujourd'hui « de menteur ». Nous avions rendez-vous pour la palombe à la prochaine Saint-Luc.

Maïalen est décédée d'une crise cardiaque quelques semaines après leur visite. Roger était descendu pour des courses au supermarché de Cambo. À son retour, Maïalen était effondrée en tablier de cuisine sur sa table, dans des effluves de pommes de terre.

— Son cœur battait tic-toc, a dit Roger le jour de l'enterrement. Elle refusait d'être soignée. Elle ne voulait pas des régimes du médecin. Comment faire de la bonne cuisine pour tout le monde avec un régime ?

Quand nous sommes revenus à l'automne, il avait embauché un cuisinier. Les recettes de Maïalen n'avaient pas de secret pour lui. Il était toujours aussi actif dans la salle, mais l'ambiance n'était plus à la fête. Les clients nous ont semblé moins nombreux. C'était dans l'air et la lumière, et les assiettes. Les tonnerres de la voix et les rires de Maïalen manquaient, sa large silhouette dans la porte de la cuisine.

— Ça tiendra ce que ça tiendra, nous a soufflé Roger. Qu'est-ce que je suis, maintenant, sans elle ? Un handicapé !

Il a soupiré :

— Je n'ai même plus le goût d'aller à la palombe !

Il a tenu une petite année. Il nous a appelés un matin, pour nous annoncer qu'il bazardait tout, vendait les chevaux, je lui ai dit que ce n'était pas possible, je lui ai proposé d'acheter Pablo.

Les chevaux se souviennent. Pablo ne nous oubliait pas. Lorsque nous arrivions au gîte, il reconnaissait la voiture et lançait son petit hennissement joyeux en galopant à la barrière, où il encensait dans l'attente de notre bonjour alors que nous nous embrassions.

Et, tandis que je lui flattais les joues et lui grattais le front, il émettait un couinement des babines qui signifiait : « Tu me caresses, mais tu ne t'es pas beaucoup inquiété de moi. »

Il avait ses caprices. Je n'avais pas à bouger beaucoup les rênes, lorsque je le montais, pour comprendre qu'il approuvait ou désapprouvait ma conduite. Il lui arrivait de s'arrêter pour me manifester son refus. Je ne voulais pas qu'il soit malheureux chez n'importe qui, ou, pire, qu'on le conduise à l'abattoir. Quand je pensais au gîte, je pensais aussi à lui. Nous avions de la place dans la prairie derrière la maison pour Pablo. C'est après qu'il a docilement monté dans notre van, en compagnie de l'âne, Pedro, parce qu'il n'est pas bon qu'un cheval ou qu'un âne soit seul, que j'ai posé la question à Roger :

— Veux-tu venir t'installer chez nous ?

Nous étions dans la cour du gîte. Les fougères roussissaient la montagne. Des champs avaient été déjà fauchés. Pablo et Pedro donnaient du pied dans les parois du van. La question m'est venue comme ça, dans un élan. Je n'en avais pas parlé à Anne. Je ne l'avais pas réfléchie, comme toujours. Le cousin marchand de souliers de Maïalen récupérait le Gîte des Cimes. Il en avait redécouvert le charme en venant déjeuner à la table de sa cousine. Il avait vieilli et il laissait ses affaires à son fils pour aménager le gîte, qu'il avait déjà cerné d'une solide clôture. Roger allait déménager, il ne savait pas où, dans une location, à Cambo ou ailleurs. Maïalen et lui s'étaient connus tard et n'avaient pas d'enfants.

Il n'a pas répondu, d'abord. Je crois que si je l'ai invité c'était pour lui, mais c'était autant pour surprendre Anne et lui faire plaisir. Elle m'a regardé, étonnée, m'a souri. Roger murmurait et ses mots ne semblaient que pour nous :

— Vous connaissez l'histoire du membre fantôme ? Ces gens à qui on a coupé un bras ou une jambe… Je vis ça, maintenant, avec Maïalen. Elle est là, toujours. C'est formidable et c'est terrible ce que ça me fait mal…

Il nous a raconté le dernier passage des grues. Elles migrent chaque année par les mêmes couloirs que les palombes, et leurs bavardages remplissent le ciel. Mais, en se réveillant un matin, il les a entendues plus proches. Il est sorti. Elles étaient là, une famille nombreuse, une tribu, dans la prairie des chevaux. Elles ne se posaient jamais, d'habitude, chez eux. Il s'est approché derrière la haie de sureaux.

C'étaient de grandes grues cendrées, affairées, agitées sans cesse, des pattes, des ailes, de leurs longs becs en fuseau qu'elles ouvraient et refermaient en claquant pour se parler. Elles l'ont vu et ne se sont pas envolées. Du haut de la prairie, les chevaux regardaient ces visiteuses bruyantes avec curiosité et un brin de condescendance amusée. Il les a comptées. Soixante-dix. Il ne s'est pas trompé. Il en a recommencé le décompte pour être sûr. Soixante-dix, c'était l'âge de Maïalen.

Ils s'étaient juré que le premier arrivé en haut adresserait un signe à celui resté en bas.

Je lui ai reposé ma question sous le regard d'Anne et sa bouche remuée qui me parlait en silence, mais c'est moi, moi seul qui l'ai invité, je suis le seul responsable. Et c'est alors qu'il m'a répondu :

— Je veux bien venir chez vous.

7

Mandat d'arrêt

DE PAR LA LOI

Nous Jacques Robert ,
Juge d'Instruction de l'arrondissement de PÉRIGUEUX, département de la Dordogne,
Vu les pièces de la procédure et les conclusions de Monsieur le Procureur de la République ;
Vu l'article 94 du Code d'instruction criminelle ;
Mandons et ordonnons à tous huissiers ou agents de la force publique, d'arrêter

et de conduire à la maison d'arrêt de PÉRIGUEUX, en se conformant à la loi,

le nommé Martin

prénommé Roger

né le 12 septembre 1925 à Martignac (Charente)

ayant demeuré en dernier lieu à Périgueux, 75 rue du Regard

Pierre, le fils de Marcelle, nous a confié, lors de l'une de nos visites à sa mère, que les années avaient passé, plus rien n'était secret, au contraire, le dossier de son oncle était désormais consultable aux archives départementales de Bordeaux. Pour ce qui le concernait, il ne se sentait pas d'aller remuer cette histoire. C'était au-dessus de ses forces. Il avait même évité d'en avertir sa mère, pour ne pas l'inquiéter. Il n'était pas contre, si nous entreprenions la démarche. Ce serait plus facile pour nous si nous en avions le désir.

Je n'en avais pas particulièrement envie, Anne hésitait. Est-ce qu'interroger Pierre, et Marcelle, et Clovis, n'était pas assez ? Brouiller un peu plus l'image de notre ami arrangerait quoi ? Fouiller la boue ne me semblait pas utile. J'y trouvais même quelque chose de malsain.

Nos filles, Juliette et Joséphine, nous ont poussés. Elles ont aimé Roger comme on aime à leur âge, mieux que moi. Elles l'ont tout de suite adopté. Elles n'en ont été que plus blessées. Ils s'embrassaient à chaque fois qu'ils se voyaient. Elles le prétendaient plus jeune que nous et l'appelaient au secours quand nous n'étions pas d'accord. Nous leur avions amené Roger, nous étions responsables. J'entendais presque « coupables », moi surtout. Juliette a été, comme toujours, la plus radicale. Elle est exigeante, sportive, bonne au tennis, et je ne rivalise plus avec elle. Ce n'est pas parce que c'est notre fille mais, comme dit sa sœur, elle est bien gaulée, les jambes longues, le nez, la bouche bien faits, les cheveux noirs et les yeux grands et bleus mais qui prennent un éclat d'acier lorsqu'elle s'emporte. Elle m'a balancé, comme une balle de fond de court :

— On te propose la vérité et tu détournes les yeux ! De quoi as-tu peur ?

Joséphine était là. Elle n'est pas moins adroite à la raquette que sa sœur, peut-être plus résistante, plus opiniâtre encore. Elle a hoché la tête aux paroles de Juliette.

Nous avons fait le voyage à Bordeaux, Anne et moi, et nous avons attendu un moment sur le parking avant de descendre de la voiture.

— Qu'est-ce qu'on fait ? m'a demandé Anne, qui ne bougeait pas.

Et, en me montrant les façades des immeubles, les pierres remises à neuf, les cours de la ville rendus aux piétons :

— C'est comme si nous voulions ramener la crasse noire du passé sur ces belles pierres dorées.

Nous étions étonnés que le dossier soit consultable aux archives départementales plutôt qu'au tribunal.

— Peut-être que Pierre se trompe, le dossier de son oncle est peut-être très mince.

Mais puisque nous étions là, nous sommes descendus de voiture. Nous avons décidé de ne pas rester longtemps. Nous rendrions ensuite visite à Marcelle, et les filles seraient contentes.

L'archiviste nous a apporté les liasses ficelées par de la cordelette brune dans deux boîtes de carton fort étiquetées « Affaire Roger Martin ». Il est vrai que nous n'avions pas mesuré la gravité des charges contre notre ami avant d'ouvrir ces boîtes. Comment l'aurions-nous pu ? Il restait notre ami. Il n'y avait pas eu une ombre entre nous, jamais. Marcelle et Pierre nous avaient dit de quoi il s'était rendu coupable. Nous connaissions l'importance de ses condamnations. Mais, comme eux, nous savions surtout ce que nous avions partagé ensemble. Nous sommes des enfants d'après la guerre. Le temps efface tout.

Soudain le passé se trouvait là devant nous dans ces deux boîtes de carton poussiéreuses, précis, redoutable, incontestable. J'avoue que j'ai eu du mal à défaire les nœuds des ficelles. Anne, qui m'a aidé, tremblait un peu. Elle n'était pas plus fière. Ses grimaces étaient nombreuses, ses lèvres pincées, le battement de ses paupières plus rapide.

Nous n'étions qu'une dizaine dans la salle de lecture. L'archiviste tournait les pages d'un dossier, à son bureau qu'elle avait regagné sur l'estrade. Un chercheur s'est approché et lui a chuchoté quelques mots. Elle nous avait installés sous la lumière d'une grosse ampoule au bout d'un fil au-dessus de nos têtes. Les tentures des rideaux blancs étaient tirées sur la verrière pour protéger les documents du soleil. Chaque pièce du dossier était classée dans une chemise numérotée. Les papiers blancs avaient jauni. Les bleus étaient devenus gris.

— Par où on commence ?

Anne a repoussé la feuille de pelure froissée du sommaire et ouvert la chemise 1 :

Interrogatoire Roger Martin (17 août 1945)

Le juge demandait à Roger ses nom, prénoms, adresse, date et lieu de naissance, les noms et prénoms de ses parents. À sa question sur les raisons de son voyage et de son installation à Périgueux, Roger a répondu qu'il avait eu envie de partir.

— *Pourquoi ? Vous n'étiez pas bien à Angoulême ?*

Il n'a pas répondu. Alors le juge :

— *C'est l'Allemand Knuchel qui vous a envoyé là-bas ? Que vous proposait-il ?*

— *D'être chauffeur au garage, à Périgueux.*

— *Vous saviez à quoi vous vous engagiez ?*

— *Non, je ne savais pas. Je m'engageais à être chauffeur, c'est tout.*

— *Chauffeur de la Gestapo !*

— *Non, je ne savais pas. J'ai eu tort.*

— *Vous le reconnaissez ? Vous proposait-il quelque chose d'autre ? De l'argent ? Vous n'aviez pas d'argent à Angoulême ?*

— *J'étais apprenti mécanicien.*

— *Et vous avez trahi pour de l'argent !*

— *J'ai eu tort.*

Il admettait, plus loin, qu'à son départ Heinrich Knuchel lui avait remis la somme de 2 000 francs. À l'époque, 2 000 francs était une somme importante pour un gamin de dix-sept ans. Le salaire mensuel d'un ouvrier était de 1 200 francs, celui d'un mineur au fond, 1 600 francs. Knuchel a acheté Roger Martin contre 2 000 francs. Et Périgueux a réceptionné un agent précieux. Pendant les seize mois, d'avril 43 à août 44, où il a habité là-bas, personne, ou presque, ne s'est douté qu'il travaillait pour les Allemands.

Il n'a pas bougé de la pension Richoux, 75 rue du Regard, chambre au troisième et dernier étage, escalier et toilettes au bout du couloir, jolie vue sur les dômes de la cathédrale. La veuve Richoux gouvernait sa maison d'une main solide et nourrissait à la fortune de la guerre ses quatre pensionnaires, assistée de ses deux filles, Clotilde et Lucile. Roger n'a jamais été chauffeur d'Allemands. Les nazis l'ont, peut-être, trouvé trop jeune, trop gringalet, trop « bébé Cadum », comme l'a appelé la veuve Richoux à son arrivée. Le chef de la Gestapo à Périgueux, le capitaine Mickaël Hambrecht, était une brute, gros, gras, jambes courtes, figure d'ivrogne, nez bourgeonnant, les yeux enfoncés, il commandait avec le sourire : « Tuez-moi tout ça ! » Gendarme à Stuttgart, il avait gravi les échelons dans la SA, puis la SS. Une autre de ses formules favorites était : « J'aime la trahison, mais je n'aime pas les traîtres. » L'adjudant Franz Hullinger, son adjoint, se faisait appeler Frentzel, Roger Martin a eu beaucoup affaire à lui. Ce grand Allemand blond revenait du front russe, où il avait été blessé. Torturer les prisonniers était sa spécialité.

Avant l'occupation de la zone libre, le pays de Jacquou le Croquant était déjà un foyer actif de la Résistance. Le mouvement Combat s'est structuré à l'institution Saint-Joseph de Périgueux, en juin 1942. La géographie du Périgord favorisait le maquis. Le premier attentat à l'explosif a endommagé le kiosque de la Légion française des combattants, des pétainistes, le 3 octobre de cette année-là. Deux mille Allemands ont déferlé en novembre, aussitôt renforcés par le millier de volontaires collabos de la Milice, dont les redoutables francs-gardes à l'uniforme noir et la compagnie des phalangistes recrutés parmi la pègre nord-africaine, corse et parisienne, les « bicots », basés près de la Gestapo dans les anciens locaux du Crédit lyonnais.

L'étroite rue du Regard contourne le chevet de la cathédrale Saint-Front et débouche sur les avenues et les places animées de la vieille ville, cours Morny, rues Victor-Hugo, Montaigne. Roger a expliqué au juge qu'il s'était trouvé pris dans l'engrenage. Ça s'était fait comme ça. Il ne savait pas ce qu'il faisait.

Il a évoqué plusieurs fois, comme une excuse, L'Écluse, son père, sa mère, la mort de Moïse. Il n'avait rien contre les communistes, nombreux dans Périgueux la Rouge, ni contre les israélites alsaciens, plusieurs milliers, réfugiés en Dordogne au début de la guerre. Il s'était inscrit au PPF, le Parti populaire français, bien obligé, mais, à Périgueux comme ailleurs, il n'était pas le seul à cotiser au parti collaborationniste. Il ne lisait pas *Le Cri du peuple*, auquel il était abonné, ne lisait d'ailleurs aucun journal, n'écoutait pas la radio, qu'il n'avait pas.

Il s'était installé vélo-taxi. Il était taillé pour ça, avec ses jambes solides aux mollets ronds de paysan. Le matin, après le « café national » de pois et glands grillés de la mère Richoux, chicorée le dimanche, il sortait son vélo et sa remorque biplace de l'arrière-cour de la pension. Les chaussettes et la culotte de golf le dispensaient de pinces à vélo, il enfonçait profond son béret et pédalait vers la rue Gambetta et la gare, où il attendait les trains de Limoges, Brive, Bordeaux. Le porte-bagages qu'il avait bricolé chez le voisin, mécano au 71, à l'arrière de la nacelle du vélo-taxi, permettait d'installer les valises des voyageurs. Trente-cinq kilos, le poids de l'engin, plus les passagers, leur bagage, quelquefois ça tirait dans les côtes, mais il était jeune, il avait du souffle, il se dressait sur les pédales.

La silhouette du bébé Cadum est devenue familière à Périgueux. Il a dit que l'éloignement de sa sœur, la distance avec la Charente l'avaient libéré. Du moins il le croyait. Il était moins rentré, moins timide, il s'amusait, Oh ! Oh ! Oh ! Il s'est aperçu qu'il plaisait. Clotilde, l'aînée de la mère Richoux, était fiancée à un Auguste qui avait disparu dans le maquis. Lucile avait l'âge de Roger. Il poussait la porte du Grand Café, des hôtels du Périgord, de France, du Lion d'Or, du Coq Hardi, où il accompagnait ses clients. Il avalait un deuxième café national, un troisième, au bar, sur le pouce. Souvent on le lui offrait.

Quand il avait le temps, il s'asseyait, il blaguait, écoutait, repartait. Il véhiculait des clients hors la ville, quelquefois loin.

— Ça ne me gêne pas, leur disait-il. Au contraire. Ça vous coûtera un peu.

Il souriait, aimable. Ils arrivaient de Paris, de Limoges, d'Agen. Il bavardait en pédalant dans les chemins défoncés par la guerre. Les côtes sont sévères, passé la vallée de l'Isle. Il escaladait en danseuse, et après, en reprenant son souffle :

— Les grimpeurs sont des petits gabarits. Vous connaissez Robic ? Vous avez vu Maes et Vietto ?

Ses passagers souriaient. Il leur vantait le Périgord vert, le blanc, le noir, comme s'il était du pays. Il entrait dans les cours sans crainte des chiens, conduisait les voyageurs jusqu'aux seuils des maisons. Il a dit au juge qu'il prenait goût à ces voyages, il avait le contact, son frère était comme lui.

Parfois, autant que possible, il revenait de ses tournées avec, sur la banquette des voyageurs, une bouteille d'huile de noix, du beurre, une volaille, un jambon, un pot de grillon ou de graisse d'oie ou de canard, il avait l'argent pour, qu'il apportait à la mère Richoux. Ça changeait des fayots et des rutabagas. La veuve l'a apprécié pour ça, il était débrouillard et elle l'a moins appelé « bébé Cadum », qui plaisait moyennement à Roger.

Elle cuisinait, quand elle en avait, comme en Périgord, à la graisse et à l'huile de noix. Elle était bonne cuisinière. Il n'a jamais eu faim pendant l'hiver 43-44, ni froid, ni rien. Le voisin mécano, Jean Piet, qu'il retrouvait dans son atelier, lui avait proposé de remplacer son vélo par un tandem. Il aurait été d'accord pour pédaler avec lui, ç'aurait été moins de fatigue à deux. Roger n'a pas dit oui. Il voulait prendre les courses qui lui plaisaient, rester libre. Piet faisait de la politique, il était marqué à Périgueux, il portait le drapeau doriotiste sur la place du Théâtre. Roger ne voulait pas ça. Il voulait fréquenter tout le monde. Il disait :

— Jean Piet pense ce qu'il veut. Ça le regarde. Quand on est ensemble, on parle de mécanique.

Son vélo, sa remorque, ses pneus étaient en bon état. Il astiquait les roues, les rayons, huilait les pignons, la chaîne, brossait la banquette, dans la cour de la pension, les dimanches. Lucile lui avait cousu un coussin matelassé, grenat, avec des cordons dans les coins, qu'il fixait sur la banquette et montait dans sa chambre tous les soirs.

Les yeux de Lucile se pailletaient d'éclats d'or quand elle était contente. Elle enveloppait son chignon de cheveux châtain sous un foulard qu'elle changeait plusieurs fois certains jours.

« Allons, elle s'est encore fabriqué une nouvelle tête de loup à décrocher les toiles d'araignée dans les coins… » grommelait sa mère.

Quelquefois, c'était un simple mouchoir de tête à carreaux.

Elle sentait bon le soleil, la terre chaude, le roussi de sa chemise de toile, quand elle avait transpiré à monter l'escalier jusqu'au troisième étage. Les autres pensionnaires, qui travaillaient tous aux ateliers de la SNCF, ont appris à Roger qu'elle avait quelques habitudes dans sa chambre, où logeait avant lui un Joseph qui avait préféré prendre le maquis plutôt que de partir au STO.

Roger rentrait souvent tard, le soir, à la limite du couvre-feu, quelquefois même après, quand les autres gars qui se levaient tôt étaient couchés. Il se retrouvait seul, alors, avec les trois femmes. Son verre et son assiette l'attendaient dans la salle à manger, qu'ils appelaient « la cantine ». Elles lui apportaient le fricot qu'elles avaient gardé au chaud sur le feu et il leur racontait ses voyages de la journée, les clients, d'où ils venaient, comment ils étaient, leurs bagages, leurs chapeaux, leurs cravates, leurs robes, leurs bas, leurs souliers. Les filles l'écoutaient. Leurs yeux brillaient. Quelquefois, souvent, le courant était brutalement coupé, elles allumaient la lampe à pétrole ou la chandelle.

« Arrêtez de parler, les filles, disait la mère Richoux, laissez-le manger ! »

Mais elle l'interrogeait à son tour.

Les jours où il rapportait des provisions, elle sortait les petits verres et la bouteille d'armagnac. Il montait l'escalier vers son troisième, avec la bougie. Les femmes, qui avaient leurs chambres au premier, brandissaient leur lampe qui éclairait mieux.

— Ça ira ? chuchotaient-elles pour ne pas réveiller les autres.

— Ça va.

Il était heureux.

Il leur avait presque tout dit, sauf son rendez-vous à l'ex-Crédit lyonnais. Il y avait, par-derrière, dans l'étroite rue Serpentine qui n'existe plus, une petite porte condamnée qui servait peut-être, autrefois, à l'approvisionnement de la banque en fonds. Il y retrouvait généralement Frentzel. Il ne restait pas longtemps. Il avait laissé son vélo au loin et vérifié qu'il n'était pas suivi. L'Allemand Hambrecht lui avait expliqué que plus longtemps il resterait caché, mieux ce serait. Il avait maintenu le salaire de Knuchel, 2 000 francs, mais c'était par semaine. Le jeune Roger Martin était riche ! Avec cet argent, il achetait le cochon, la volaille, tout ce qu'il voulait, à n'importe quel prix du marché noir, pour se faire bien voir et faire plaisir rue du Regard. Il l'a dit au juge :

— *Je ne gardais pas tout cet argent pour moi. J'en ai fait profiter. Les pensionnaires, qui travaillaient aux chemins de fer, en profitaient aussi.*

Sa première opération d'envergure connue a concerné du matériel à Saint-Astier, il n'y a pas eu mort d'homme.

Elle a eu lieu aux premiers jours du mois de juin. Frentzel s'impatientait du peu de renseignements remontés par son informateur. Roger a pris le train Périgueux-Bordeaux du matin. Il y avait du monde à cette heure-là. L'essence était confisquée. Les gens se bousculaient dans les transports en commun. La voie de chemin de fer suit la vallée de l'Isle. Il n'a même pas cherché une place dans un compartiment. Il est resté debout dans le couloir, la main accrochée à la tringle de cuivre qui barrait la vitre, à regarder les miroitements du soleil sur la rivière entre les arbres.

Il n'y a qu'une vingtaine de kilomètres entre Périgueux et la gare de Saint-Astier, où il est descendu. Il a évité le village, qu'il ne connaissait pas, et a marché en chemise et culotte de golf, le béret sur la tête, la veste sur le bras, vers le pont et la falaise qui lui crevait les yeux, elle s'allonge sur dix kilomètres.

Il a monté le chemin sous la voûte des châtaigniers et s'est caché derrière la haie quand un cheval et la carriole d'un paysan se sont approchés. Il était déjà face au haut mur crayeux, un chemin s'enfonçait dans un souterrain derrière les arbres. La cheminée d'un four à chaux fumait. La carrière tournait au ralenti depuis la guerre, mais le calcaire de Saint-Astier était réputé et des clients venaient quand même en charger.

Il a entendu des hommes parler. Il s'est glissé entre les genévriers et il a fini par trouver ce qu'il cherchait. On ne lui avait pas menti. Des empreintes de chenillettes marquaient encore la pierre de l'un des chemins qui rentraient sous terre. Ça lui suffisait. Il n'est pas allé plus loin. L'angélus sonnait au clocher de Saint-Astier. Il a sorti de sa musette la gamelle que la mère Richoux lui avait préparée. Des pies jacassaient dans les châtaigniers. Des mouches bourdonnaient. Lucile lui avait dit qu'elle lui apprendrait à chercher des truffes à la mouche. Il est rentré à Périgueux par le train de l'après-midi et il a livré son rapport à Frentzel.

Quarante-huit heures après, une colonne de camions allemands barrait le pont sur l'Isle, à Saint-Astier. Le matériel roulant du 26e régiment d'infanterie de Périgueux, dissous à l'arrivée des Allemands le 11 novembre 1942, avait été dissimulé dans les grottes des carrières. Le banc calcaire provient de dépôts marins constitués de coquillages, coraux, marnes et autres animaux infiniment petits, à l'ère secondaire. Les couches sont d'une grande régularité sur plusieurs centaines de mètres d'épaisseur. La carrière, de faible hydraulicité, s'étend sur plus de trente hectares.

Les camions Renault, les Berliet tout-terrain à roues légères, les autochenilles Citroën, tracteurs, triporteurs Harley Davidson, motos, remorques sont sortis de la falaise en fin de matinée. Les Allemands manquaient de chauffeurs. Les miliciens requis faisaient ronfler les moteurs. Les soldats armés montaient la garde sur le pont et dans les rues sous le regard des Astériens muets qui voyaient s'en aller le dépôt qui leur avait été confié. Les eaux de l'Isle étaient hautes encore. Hambrecht, qui avait tenu à être là, regardait défiler sa prise de guerre avec le regard réjoui du berger allemand avant l'attaque.

Roger Martin était absent. Il pédalait tranquille au guidon de son vélo-taxi dans les rues de Périgueux.

Il a dit au juge Robert que Lerouge, le chef du service de renseignement du PPF à Périgueux, avait laissé filtrer au Coq Hardi la présence probable de ce dépôt de matériel roulant français dans les immenses grottes de Saint-Astier. Il avait tenu à vérifier l'information avant de la communiquer au chef de la Gestapo.

8

Un chat a neuf vies, dit-on. Roger était un chat.

À soixante-seize ans, du jour au lendemain, il a été chez lui, à Mesnard.

Nous lui avons trouvé une maison rue du Brandon, trois pièces, dans le village. Il y avait moins d'un kilomètre entre son domicile et le nôtre, à la sortie de Mesnard. Il s'est tout de suite rendu utile, presque indispensable, chez nous. Il s'est occupé de Pablo et de Pedro. Je n'avais pas le temps. Je montais quelquefois Pablo. Les hennissements de l'alezan, quand il m'apercevait sur la terrasse, me reprochaient de le négliger.

Roger arrivait de bonne heure, quand nous dormions encore. Il nous réveillait à ouvrir les portes de l'écurie, charger de foin les râteliers, nettoyer les litières, rouler la brouette. Les braiments de Pedro nous décidaient à nous mettre debout. Nous voyions Roger traverser la pâture, la fourche sur l'épaule.

Anne ouvrait la fenêtre.

— Viens prendre le café avec nous !

Il quittait ses bottes pour circuler en chaussettes et ne pas crotter le carrelage. Nous avions acheté cette longère quand le village commençait à escalader la colline.

— Pourquoi te lèves-tu si tôt ? Pablo pouvait attendre un peu.

— C'est moi qui n'attends pas. Maïalen me le reprochait. Le matin, j'ai des fourmis dans les jambes.

Anne et moi n'étions pas du matin. Nos réunions, le soir, s'achevaient tard. Roger avalait son café brûlant, souvent debout, pressé toujours, il déroulait devant nous son programme du jour, et son agenda bousculé nous faisait rire.

— Qu'est-ce qui te fait courir, Roger ? Tu es maintenant en retraite. Tu as le temps. Profite. La vie est courte.

— Justement. Je n'ai pas de temps à perdre.

Un jour, il a ajouté :

— J'en ai trop perdu quand j'étais jeune.

Très vite, il a su les bols, le sucre, la confiture, les cuillers et les couteaux, dans nos tiroirs et nos placards. Il surveillait le grille-pain. Les filles étaient déjà parties au lycée. Il débarrassait la table, portait dans l'évier, ouvrait le lave-vaisselle.

— J'ai l'habitude. À Cambo, c'était tous les jours !

Il attrapait le torchon. Avec son bon œil, il vérifiait la netteté des fourchettes et des couteaux avant de les glisser dans le tiroir. Certains matins de réveil de bonne humeur, je l'appelais « grand-père ». J'avais remarqué qu'Anne, souvent, posait la main sur son épaule en lui servant le café et j'y voyais comme une délicate caresse.

Nous ne lui demandions rien. C'était sa manière d'être avec nous. Sa petite retraite lui suffisait pour payer son loyer, se nourrir et s'habiller. Il mangeait avec nous, les dimanches. Il s'était acheté une mobylette et une remorque qu'il accrochait derrière.

Nous n'avons pas pu ne pas faire le rapprochement avec le vélo-taxi quand nous l'avons découvert dans le dossier de Bordeaux. À cause de sa vue diminuée, nous lui recommandions la prudence. Nous l'entendions circuler dans les chemins tournants de notre haut pays. Je l'ai récupéré un soir dans un fossé, passablement abîmé, sanglant, le front, la joue, les mains, le pantalon déchiré.

— Ce n'est rien, sourit-il, c'est superficiel, c'est le vernis.

Il s'essuyait avec son mouchoir.

— Ça va. Ma bécane est en mauvais état.

Il l'a réparée tout seul, dans le garage du mécano de Mesnard. Son casque était noir et rouge. Juliette disait, en le découvrant : « Dark Vador ! »

Il riait. Sa façon de ne pas se prendre au sérieux et de se moquer de lui-même plaisait aux jeunes.

Nous nous sommes demandé s'il ne nous a pas choisis parce que j'étais maire de la commune. Notre amitié lui a valu protection. Nous l'avons accueilli et imposé à Mesnard. Ma sainte mère comptait toujours la part du pauvre dans nos gâteaux d'anniversaire. À Noël, une assiette vide était réservée au pauvre autour de la table. La table n'était pas grande. Nous devions nous serrer un peu pour lui laisser une place. Le pauvre n'est jamais venu, mais notre chère mère, pas riche, prenait quelquefois dans ce qui nous aurait été utile pour donner à ceux qui avaient moins. Sinon, où serait le mérite ?

Nous avons, avant Roger, organisé à Mesnard l'accueil de quelques boat people en lien avec un missionnaire originaire du village, dans les années 1970. Il y a probablement, dans mon invitation à Roger et le réflexe, pour ce qui me concerne, de recevoir des indigents dans la commune, une part de satisfaction vaniteuse à suivre le chemin maternel et à prêcher l'exemple.

Nous avions aménagé, provisoire, la grange et les étables de la longère, lorsque nous l'avions achetée. Nos affaires traînaient partout dans ce que nous appelions « la souillarde ». Roger a nettoyé les pierres, les a badigeonnées à la chaux, il a commandé des liteaux et fixé au mur des étagères solides, m'a accompagné pour acheter de vieilles armoires dans les brocantes. Nous avons loué une bétonnière et coulé une chape de ciment sur la terre battue de la grange. Il n'a pas arrêté pendant les deux premières années. Il mobilisait souvent des jeunes sur son chantier. La radio marchait à tue-tête. Anne lui demandait si leur musique ne lui cassait pas les oreilles.

— Il faut que j'écoute ce qu'ils aiment, lui répondait Roger, si je veux qu'ils soient contents de travailler avec moi !

Les filles aussi, Juliette, Joséphine et leurs amies, ont mis la main au pinceau et à la pelle, en short, en blouse, et en baskets défoncées.

— Comment fais-tu, Roger ? S'ils exagèrent, envoie-les promener !

Il a mis à la mode les bonbons coquelicots qu'il promenait avec lui dans la poche de sa veste. Il m'a dit que sa sœur en vendait autrefois au détail dans sa boulangerie. Les coquelicots lui avaient fait passer le goût des cigarettes après la guerre. Quand il retrouvait les jeunes, il sortait son sachet. Toute la bande, le vieux aussi, avait la langue et les lèvres rouges. C'est à lui le premier que Juliette a parlé de son amour avec Nathan, c'était sérieux, et même, avant nous, de leur intention de mariage. Anne a été jalouse.

— C'est normal, l'a rassurée Roger. C'est bien plus facile avec un vieux bonhomme comme moi.

Il a haussé les épaules :

— L'important, c'est que ces jeunes s'aiment.

Il l'a répété d'autres fois. Anne disait qu'avec Roger, c'était la colonie de vacances. Il souriait.

— Des jeunes venaient aussi quand nous travaillions au gîte.

Ses seuls grands voyages pendant neuf ans ont été à Cambo, pour l'anniversaire du décès de Maïalen. Il mettait le costume, la cravate. Nous l'accompagnions à la gare. Il était parti trois jours, parfois quatre.

Quand nous l'interrogions, au retour, il répondait qu'il avait parlé basque, que le temps passait, il oubliait des mots, on l'oubliait aussi, c'était normal, il était parti. Nous lui avons proposé de redescendre avec lui, à la Saint-Luc, à la palombe. Il a dit qu'il rêvait des palombes et des grues, le jour comme la nuit. Mais, non. Il ne voulait pas. Ils l'avaient invité aussi, là-bas, aux Aldudes. Ils nous auraient reçus comme avant. On ne refait pas le chemin à l'envers. Maïalen lui manquerait trop.

Il préférait se souvenir. Le père de Maïalen avait cédé la place à son fils et ne montait plus dans la tour de la palombière. La photo de Maïalen dans sa cuisine de la rue du Brandon était de Roger. Il l'avait prise là-haut autrefois avec son Kodak. Elle n'avait que le ciel autour d'elle, les nuages derrière. Son visage prenait toute la lumière, sa crinière bouclée en mousse. C'était, en plus jeune, la Maïalen que nous avions connue, le sourire et les dents prêts à dévorer son photographe. La photo datait d'une de leurs premières montées dans la tour. Les regards des visiteurs étaient aimantés par cette femme sur l'étagère, quand ils entraient chez lui.

— C'est la tienne ?

— C'était.

Il montrait l'autre, d'un plus petit format, noir et blanc, glissée à côté, dans le sous-verre. Un jeune garçon à lunettes, casqué de cuir à l'ancienne, au guidon d'une moto.

— Mon frère.

André et Philémon, mécaniciens à l'atelier aux machines des Tricotages, ont été tout de suite en confiance avec lui. Il leur avait parlé et avait montré son intérêt pour l'atelier lorsque Maïalen et lui nous avaient visités. Nous avons créé les Tricotages du Grand Ry à partir de rien, Anne et moi, après notre mariage. Nous avons vendu notre R5 pour acheter d'occasion une première machine à tricoter. Le Grand Ry est un ruisseau affluent de la Maine. Anne concevait les modèles. J'ai fait la tournée des commerçants. L'entreprise a résisté aux tempêtes de la délocalisation et des importations à bas prix. Cinquante-cinq ouvrières et ouvriers produisent nos pulls jacquard, vestes, robes et pantalons. Le retour timide de l'intérêt pour la fabrication française nous apporte un peu d'oxygène. J'ai accepté des responsabilités au conseil municipal lorsque les filles ont grandi et qu'Anne a été d'accord pour prendre plus de place dans l'entreprise. André et Philémon ont commencé sur les machines à aiguilles et programmes en carton avant de passer aux systèmes électroniques d'aujourd'hui. Roger les a embêtés dans l'atelier de maintenance au prétexte de matériel pour ses travaux de bricolage. Il les a suivis à travers l'usine et les a aidés parfois. Sa silhouette est devenue familière. Il retenait les noms des gars, des filles. Ils l'ont invité à leurs pots d'anniversaire. Après quelques jours sans lui, les gens demandaient :

« Comment va Roger ? L'avez-vous vu ? »

La femme de Philémon l'a recruté au bridge. Il chantait déjà avec elle à la chorale, où les voix d'hommes manquaient, surtout les basses. Il a hésité pour le bridge. Il n'avait joué qu'un peu, autrefois, disait-il, et ne savait pas s'il était capable encore. La salle des Ormeaux, à côté de l'école des filles, est réservée au club trois après-midi par semaine. Il a vite retrouvé la mémoire du jeu et appris les nouvelles règles. Il jouait comme au casino, silencieux, concentré, les cartes proches de la figure à cause de son œil infirme, bonne mémoire, de l'audace aux enchères, volubile après, agréable partenaire dans la défaite comme dans la victoire. Où avait-il appris ? Il évoquait Bordeaux dans sa jeunesse.

Son avantage à Mesnard était d'être de nulle part. Les héritages sont parfois lourds à porter dans un village. On connaît tout de vous, vos parents, les histoires, le passé, les croisements, les réussites, les échecs. Lui ne portait rien. Il est arrivé avec sa valise, son cheval et son âne qui n'étaient plus à lui. Nous ne nous sommes pas posé de questions. Nous l'avons pris comme il était.

Tout le monde a su qu'il arrivait du Pays basque. Il rappelait d'ailleurs, parfois, quelques mots basques pour le plaisir et marquer sa différence. C'était suffisant. Il a su nous attacher à lui, être Roger tout simplement, même pas Martin, tout le monde l'appelait par son prénom. Peu connaissaient son nom. Certains disaient « le Basque ».

Il traversait Mesnard à pied pour acheter son journal, aimable, pressé, le mot pour rire, s'asseyait au retour à une table du PMU et tournait les pages, intéressé par tout, la politique, le tiercé, trinquant, payant sa tournée, pas d'alcool pour lui le matin, du café, beaucoup de café, le sourire à fossettes qui infusait, la casquette rouge de golf sur son crâne déplumé, avec cette manière particulière de fixer, de côté, avec son bon œil.

Il ne manquait pas une séance du conseil municipal. Il disait que c'était important pour lui d'apprendre Mesnard. Il restait au fond près de la porte, prenait des notes, la casquette sur la tête qu'il gardait toujours sauf à l'église, présent jusqu'au bout pour discuter ensuite avec nous pendant le pot d'après la réunion, je le ramenais alors en voiture chez lui. Il a refusé de rejoindre le Conseil des sages, que nous lui avons proposé. Il n'était pas d'ici. Il a voté. C'est Anne qui lui a demandé :

— Tu n'as pas de carte d'électeur, Roger ? Tu es un citoyen de la commune. Il faut que tu votes.

Nous ne savions pas qu'il n'était pas un citoyen comme les autres. Il a eu sa carte d'électeur. Mon intervention et l'attestation de résidence ont suffi, personne n'est allé chercher plus loin, et il a collé des affiches pour notre liste. Il a voté pour moi. Nous avons célébré ensemble la victoire.

Quand il ne déjeunait pas chez nous ou des amis, il prenait pension au restaurant des routiers à la sortie de Mesnard, sur la route de Beaurepaire, près de la bretelle de sortie de l'autoroute. James Guesdon, routier avant, a monté ce restaurant avec sa femme. Ils cuisinent tous les deux. Monique, originaire du village, commande en général dans la salle à manger. Les camions se garent sur le parking. Les jours d'affluence, le lundi souvent, ils débordent sur les bas-côtés.

Les chaises de skaï rouge sont rembourrées comme des banquettes de camion. La serveuse note maintenant sur son boîtier les plats chauds. Il y a les habitués, des étrangers qui parcourent l'Europe, beaucoup d'Espagnols, des Polonais, des Tchèques, des Portugais. Il y a des femmes, pas tant que ça, en combinaison d'homme, pas du genre à se laisser emmerder. Roger a dit à Monique et James qu'il aurait aimé tenir un routier comme le leur. À Cambo, la clientèle n'était pas la même mais, avec Maïalen, il accueillait aussi les oiseaux de passage. Sa table lui était attitrée chez eux, près de la fenêtre et du caoutchouc en pot dont le feuillage s'étirait, s'étire toujours, en guirlande au plafond. Monique soigne ses caoutchoucs, elle en a plusieurs dans la salle à manger, qu'elle vaporise et essuie avec son torchon.

James n'est pas bricoleur. Roger a débouché chez eux des éviers, réparé un robinet qui fuyait, remplacé un brûleur de la chaudière. Il arrivait avec sa boîte à outils dans sa remorque, plongeait en sifflotant la main dans les eaux grasses. Il refusait d'être payé, voulait bien manger en échange. Monique lui préparait, en plus, un petit bout dans une boîte à emporter, un morceau de viande, de fromage, un éclair au chocolat dont il était gourmand, qui serait son dîner.

Des camionneurs sont devenus ses amis. Ils l'invitaient à manger avec eux plutôt que de rester dans son coin, prolongeaient la pause, prenaient un second ou un troisième café, appuyaient un vigoureux coup de klaxon en direction de la casquette rouge derrière la vitre, tandis que leur bahut s'ébranlait.

Plusieurs fois, devant moi, Roger a été appelé sur son téléphone à clapet. C'était un voyageur.

— Où es-tu ? Viens-tu au routier, aujourd'hui ? Je ne suis qu'à quelques encablures.

Ou James :

— José est là. Je te mets une assiette ?

Il était content. Il démarrait sa mobylette.

Ils ont été là, à son enterrement, des inconnus, une demi-douzaine de camionneurs. Un gros semi a encombré la place de l'église pendant la cérémonie. Monique et James avaient passé le message.

9

Interrogatoire, 18 août 1945

— *Vous aviez un numéro d'agent de la Gestapo ?*

— *Oui.*

— *Lequel ?*

— *302.*

— *Vous étiez armé ?*

— *J'avais un 6,35 et un revolver 92, j'ai eu quelquefois une mitraillette.*

— *Vous vous en êtes servi ?*

— *Je n'ai jamais combattu.*

— *Vous n'avez pas tiré ?*

— *Je n'ai jamais tiré sur le maquis. Au cours des opérations et après, j'ai fait des tirs d'essai sur les arbres…*

Le papier est une feuille craquante et jaunie de la fin de la guerre. Les caractères de la machine l'ont trouée sur les *r* et les chiffres. Anne la porte à son nez.

— Qu'est-ce que tu cherches ?

Elle hausse les épaules.

— L'odeur d'encre du ruban à machine.

— Tu crois qu'on peut la retrouver après si longtemps ?

Elle hausse encore les épaules. Je lis le désarroi dans ses yeux. Je prends sa main, que je ne lâche pas, et nous parcourons les pages ensemble.

Nous avons besoin de nous raccrocher, comme si ce que nous lisons à deux en était allégé de moitié, comme si nous ne devions pas prendre le risque d'avoir de l'avance dans la lecture et que l'un de nous se trouve tout d'un coup tout seul à porter l'énormité de sa découverte.

Les doigts d'Anne sont moites. Un vieux monsieur à chemise rayée et cravate s'est installé non loin de nous. Il a posé une petite bouteille d'eau sur sa table. J'ai soif. J'imagine Roger après Saint-Astier. Il aura dix-huit ans le 12 septembre. C'est la guerre. Le temps a des accélérations foudroyantes en temps de guerre. À dix-huit ans, on a l'âge d'être tué et de tuer. On est déjà vieux.

Saint-Astier est son premier vrai succès. Hambrecht, pour le remercier, lui a attribué une prime de 5 000 francs. Jusque-là, Roger Martin n'a connu que le déclassement, et voilà qu'enfin il a réussi quelque chose. Les journaux parlent de Saint-Astier. Des photos de la colonne d'engins confisqués ont été publiées dans la presse collaborationniste. Il a dit qu'il ne lisait pas les journaux, mais il était abonné à leurs feuilles. Les photos de Saint-Astier font la une. Il les a vues. On ne sait pas que c'est lui. Il exulte, s'amuse.

Il est encore gringalet. Les voyageurs qui s'assoient dans son taxi le plaignent d'être forcé à ce foutu métier. Les temps sont durs. Il est trop petit, trop fragile, une corpulence d'adolescent, bébé Cadum. On lui donne quinze ans, seize ans, malgré sa maigre moustache. Ça le vexe, l'énerve. Il a envie de se fâcher. Il rit. Son physique trompe son monde. Il est plus fort qu'il ne le paraît. Il le sera toute sa vie. Pédaler le renforce, le blinde, forge sa résistance. Il acquiert du souffle, du nerf, l'aplomb qui lui manquait. Il se fond dans le paysage. Il prend goût à cette activité de l'ombre.

Il est riche. Il ne croyait pas gagner autant, aussi vite. Son père ne ramassait pas à gratter pendant un an dans les vignes ce que lui a rapporté la carrière de Saint-Astier.

Qu'est-ce qu'il fait de l'argent ? Il a affirmé au juge qu'il avait commencé par acheter, au marché noir, du vrai café, du chocolat et des cigarettes pour la rue du Regard. Il n'a pas regardé à la dépense. Il est rentré à la pension et il a donné aux femmes, Oh, oh, oh, pas trop pour ne pas les gâter, et surtout ne pas se trahir, et elles ont été contentes. Elles ont mis la cafetière sur le feu.

— Où as-tu trouvé ce chocolat ? Comment as-tu fait ? lui a demandé Lucile en donnant de tout petits coups, de ses dents pointues et blanches, dans son carré pour le faire durer.

— Je l'ai chiné à un couple de Parisiens que j'ai conduits à Boulazac.

Chiné ? Elles ont deviné le marchandage, mais elles ont fermé les yeux, le café sentait bon, le chocolat était délicieux. Ils ont ri, Oh, oh, oh. Est-ce qu'on rit quand on a signé un pacte avec le diable ? Elles avaient fait une bonne affaire en l'acceptant comme pensionnaire. Elles l'ont moins appelé « bébé Cadum », ou alors c'était pour elles un petit nom gentil.

Il a dit qu'il s'était mis à fumer. Les femmes fumaient aussi. Il ne fumait pas à Angoulême. Le garage Barouilhet était pourtant en face de la papeterie Le Nil. Il a commencé avec les femmes, le soir.

Et il a continué son train tranquille de garçon-taxi sans que quiconque se doute de rien. La vie était brouillée, à Périgueux. La barbarie avait précédé l'arrivée des chleuhs. En octobre 42, la police française avait arrêté les Juifs étrangers et les avait chargés dans des trains pour les réexpédier vers le nord. Après l'invasion de la zone libre, les rafles se sont intensifiées, en février 43, en août. Hambrecht et la Milice traquaient les nombreux communistes qui n'avaient de refuge que dans les maquis.

Le 9 octobre, deux bombes artisanales ont explosé, place du Théâtre, et brisé les vitres du siège de la Gestapo. Un mois après, le 9 novembre, un attentat contre la Feldgendarmerie a causé des dégâts matériels et fait des blessés graves. Les représailles des nazis et des miliciens, le 11 novembre, ont visé « l'anti-France », les Juifs, les communistes, les francs-maçons.

Roger Martin n'a jamais employé le mot « Juif » dans ses interrogatoires. Il disait « les israélites ».

Il a quitté la pension quand tout le monde a été couché, le soir du 11 novembre. Il avait pédalé toute la journée à travers l'agitation dans la ville. Ça tirait un peu partout. Les miliciens brandissaient des mitraillettes aux portières de leurs Traction, une colonne de camions allemands bâchés attendait place Montaigne et les soldats y entassaient leur récolte de prisonniers.

Une pluie sale et poisseuse était tombée toute la journée en gouttes lourdes qui ne se sont pas arrêtées jusqu'au soir. Les eaux de l'Isle débordée ont pris une couleur de bière. Roger Martin avait mis un long ciré de postier noir, qui ne l'a pas empêché d'être trempé des cuisses jusqu'aux pieds. Il a croisé, rue Victor-Hugo, la voiture du capitaine Hambrecht, qui a tourné vers lui son regard de chien, l'air de lui lancer : « Qu'est-ce que tu fabriques ? Tu fais du vélo ? Tu crois qu'on va te payer longtemps pour ça ? »

Il a enfilé des vêtements secs dans la pension qui s'endormait, ajusté son béret en galette sur le côté. Sa chambre était semblable à celle des autres pensionnaires, un lit à une place, le couvre-pieds de coton caca d'oie, une armoire en bois brut, une table de nuit et son pot de chambre, la table de toilette et sa cuvette et son broc, une chaise. Ils n'avaient pas l'eau à l'étage. Les W-C étaient dehors, au fond de la cour, le cabanon de planches et son trou en petit cœur dans la porte, le chiotte, Lucile disait « les cabinets ».

Il a descendu l'escalier dans le noir les souliers à la main. Ce n'était pas la première fois qu'il sortait comme ça, la nuit. Il aimait déambuler dans les rues désertées par le couvre-feu, son laissez-passer plié en huit dans son portefeuille au fond de sa poche intérieure, mais il évitait de le sortir, il se cachait dans les embrasures lorsque approchait une patrouille ou un véhicule.

Il a longé les hauts murs de la cathédrale, sauté dans l'ombre des arbres de la place qui, par moments, pleuraient encore la pluie sous le vent, descendu vers l'Isle pour la traverser au pont des Barris. Il connaissait bien ce faubourg, de l'autre côté de la rivière, pas si éloigné de la rue du Regard. Il y descendait se promener, les dimanches, et parler avec les pêcheurs qui trempaient du fil en espérant améliorer l'ordinaire.

Il avait repéré pendant la journée la modeste maison aux contrevents ouverts, place de la Fontaine, près du lavoir. Ils étaient maintenant fermés, leurs occupants étaient à l'intérieur. Il a toqué à la porte, puis aux volets, discrètement d'abord, puis plus fort, parce que ses coups étaient sans effet. La rivière meuglait derrière lui. La nuit était froide et ventée. Dans les maisons alentour, ce n'était qu'obscurité, pas une lueur mais, il s'en doutait, pas forcément le sommeil après les désordres de la journée.

Il a soufflé dans la serrure :

— Madame Cheminade ! Madame Cheminade, je sais que vous êtes là !

Il a dit au juge qu'il tremblait, c'était plus fort que lui, un peu à cause du froid humide, surtout il n'était pas fier, c'était la première fois. Et pour s'excuser :

— *J'étais obligé.*

— *Non, vous n'étiez pas obligé.*

Il a insisté, la bouche contre la serrure :

— Je ne vous veux pas de mal, n'ayez pas peur, je suis venu vous avertir.

Il a perçu le frôlement derrière la porte qui se confondait avec la rumeur de la rivière, et le bruit de la clé qu'on tournait. Un rai de lumière a filtré par la porte entrouverte. Il a dit :

— Éteignez !

La lumière s'est éteinte. Il s'est glissé dans la bouche tiède de la pièce obscure, la main sur son revolver dans la poche de sa veste. Il a poussé la porte derrière lui.

— Allumez !

La lumière a jailli et crépité, jaune, dans l'ampoule avant de se stabiliser. Il a découvert une femme aux cheveux bouclés et aux yeux noirs, en chemise de nuit et robe de chambre qu'elle n'avait pas pris le temps de boutonner. Il tremblait encore, il a retiré la main de sa poche et il a compris qu'elle était surprise de découvrir un garçon si jeune, mais son regard était fixé sur sa poche gonflée par le revolver.

— Vous n'avez que cette pièce ?

Un paravent la partageait en deux. Le long tuyau du poêle Godin la parcourait jusqu'au conduit de cheminée. Une bouilloire en fer-blanc était posée sur le tas de bûches à côté du poêle. Un dictionnaire Larousse en mauvais état était ouvert sur la tablette sous la fenêtre. Il a désigné la chaise :

— Je peux m'asseoir, madame Bloch ?

— Qu'est-ce que vous voulez ?

— Parce que vous n'êtes pas madame Cheminade, vous vous appelez bien Louise Bloch, n'est-ce pas ?

Elle était grande et mince, elle avait de beaux cheveux. Elle a porté la main à son cou et serré le col de sa robe de chambre comme si elle allait s'étrangler. Il a murmuré :

— Je vous l'ai dit : je ne vous ferai pas de mal. Je ne suis pas venu pour ça.

Ils parlaient à voix basse. Il avait aperçu l'enfant qui dormait derrière le paravent. Où avait-il appris l'existence de cette femme dissimulée sous un nom d'emprunt ? Il a prétendu au juge qu'il ne s'en souvenait pas. Il avait dû surprendre une conversation en prenant un café au Lion d'Or ou au Coq Hardi.

À moins que le vent ne le lui ait soufflé tandis qu'il pédalait sous la pluie !

Il a tiré de sa poche un papier qu'il a lu à la femme :

— Le réfugié juif Jacob Bloch, arrêté à Périgueux en février 1943 et déporté, était marié à la Juive Louise Bloch, née Kolbe. Ils ont eu une fille, Simone.

Le nazi Frentzel lui avait fourni le complément de renseignement qu'il lui avait demandé.

La femme a chancelé, la main encore sous la gorge, et s'est assise à son tour. Il a tourné la note allemande vers elle pour la lui montrer. Elle était jeune encore, pas mince, maigre plutôt, ses grands yeux noirs le fixaient. Il a dit :

— Vous ne vous appelez pas Cheminade. Vous avez dû être imprudente…

Elle a cessé de le regarder. Son regard s'est perdu dans la chaux du mur poussiéreux blanc sale. Elle était brune, mais il lui voyait maintenant le teint pâle et cireux qui était la marque de la faim, sans doute aussi de la peur. Quelques braises rougeoyaient derrière le mica de la porte du poêle. Il faisait bon dans la pièce qui sentait malgré tout le renfermé et les choux.

Elle a demandé :

— Qu'est-ce que vous voulez ?

Il n'a pas répondu. Elle avait un joli poste de radio en ronce de noyer verni dans cet intérieur déshérité. Elle a levé les yeux.

— Pourquoi êtes-vous venu ?

Il repliait le papier.

— Pour vous voir et vous avertir que vous avez été repérée.

Il s'est redressé. Il a jeté un œil derrière le paravent, le lit.

Ils n'avaient pas réveillé l'enfant qui dormait paisiblement sous la couverture rose. Il s'est approché. Elle avait les joues rondes et roses. Son souffle soulevait une mèche de ses cheveux. Elle pouvait avoir cinq ans. Une enfant d'avant la guerre. Simone. Il a demandé :

— C'est votre petite fille ?

La femme a esquissé un sourire craintif.

Il a examiné de plus près le poste de radio dont le vernis brillait sur le buffet de bois blanc.

— Vous écoutez de la musique ?

Il a dit au juge qu'il avait demandé à Louise Bloch si elle écoutait de la musique, et qu'elle ne lui avait pas répondu. Il se souvenait de ces détails.

Il lui a commandé :

— Éteignez.

Elle a éteint. Il a ouvert la porte. Elle a fermé à clé derrière lui. La houle de la rivière continuait de s'acharner contre les piliers du pont.

Le chauffeur allemand a arrêté le moteur du camion, sitôt qu'ils ont franchi le pont des Barris, le lendemain soir. Roger était assis dans la cabine à côté de lui. Il lui a recommandé d'éviter de claquer la portière. Il s'apprenait tout seul à parler allemand en pédalant dans les rues de Périgueux. Il captait les mots de ses rendez-vous avec Frentzel. Les quatre soldats à l'arrière sous la bâche ont descendu lentement la ridelle de la plate-forme.

— *Langsam ! Langsam !*

La rivière continuait de gronder très fort. Ils l'ont accompagné jusqu'à la porte de la maison, où il a toqué.

On aurait dit que Louise Bloch l'attendait. La clé a tout de suite tourné dans la serrure. Les soldats allemands sont entrés avec leurs bottes et leurs fusils. Il a entendu la petite fille crier. Il est retourné s'asseoir dans la cabine du camion, où il a attendu. Il a à peine aperçu les silhouettes de la mère et de la fille qui traversaient la rue, entre les soldats. La nuit était aussi noire que la veille, sans un rayon de lune. Ça sentait encore l'eau à plein nez. Normal, place de la Fontaine. Il allait encore pleuvoir.

Il a interrogé le chauffeur qui démarrait le moteur :

— Vous avez pris le poste de radio ?

— *Ja*, a grogné le soldat.

Il avait bien précisé aux soldats que le poste de TSF serait pour lui. Ils étaient d'accord pour déposer la radio dans le cagibi de l'hôtel La Source où il avait déjà rangé d'autres affaires. Le juge lui a demandé pourquoi il volait cette radio. Il ne l'avait pas avec lui dans sa chambre à la pension et n'en profitait pas. Il a répondu qu'il pensait que la guerre n'allait pas durer tout le temps. À l'Écluse, ils n'avaient pas de poste de radio. Seuls les propriétaires de vignes en avaient. Savait-il ce qu'étaient devenues Louise et Simone Bloch ? Il ne savait pas. Elles étaient montées dans le train avec les autres.

Parmi les gars de la pension qui travaillaient au chemin de fer, il y avait le grand Basile Brillouet. Une lourde moustache brune mangeait les lèvres de cet homme au regard ferme, le plus ancien de chez Richoux. Les autres se demandaient ce qu'il faisait là. Il approchait la quarantaine. Quelques fils gris se perdaient parmi les touffes de ses cheveux en broussaille. Il était arrivé à la pension dix ans plus tôt et en était parti faire la guerre, puis était revenu sans rien dire, un après-midi de la débâcle, pour reprendre son travail au dépôt du train.

Jean Piet, le voisin mécano de la rue du Regard, avait dit à Roger que de temps en temps le grand Basile faisait plaisir à la veuve. Mais ça, c'était peut-être une invention de mauvaise langue jalouse. La chambre de Basile était au deuxième étage, sous celle de Roger, qui n'avait jamais rien remarqué, ni entendu. À table, dans la salle à manger, il n'avait surpris aucun regard, aucun geste, qui aurait trahi quelque chose, aucun privilège de nourriture comme s'en accordent les amoureux.

Basile Brillouet n'était pas d'un naturel expansif. Il ne souriait jamais. Quelquefois, pourtant, quelque chose comme un frisson animait sa moustache.

Il a eu Roger à la bonne au début et l'a invité à manger à côté de lui, à table.

— Viens ici, p'tiot !

Il ne l'appelait pas « p'tiot » par mépris. C'était mieux que Cadum. C'était plutôt un petit nom gentil. Il l'a accompagné dans les rues de Périgueux à son arrivée pour lui apprendre la ville, et l'a conduit dans les ateliers SNCF du quartier du Toulon, où il a demandé au contremaître la permission de le faire monter dans sa grue de cinquante tonnes qu'il appelait « ma mariée ». Il était grutier. Ils n'étaient que deux à manipuler la mariée entre Limoges et Bordeaux pour les levages de réparation des voies. Il disparaissait souvent en déplacement car le travail ne manquait pas, à cause des sabotages de la Résistance sur la ligne. Quelquefois, un chef des ateliers réveillait la maison, la nuit, et réclamait Basile, pour une intervention urgente, les trains ne circulaient plus.

Il bénéficiait d'une autorité naturelle due sans doute à l'ancienneté à la pension, mais ces choses-là ne s'expliquent pas. Lui absent, l'ambiance n'était plus tout à fait pareille. Les gars se querellaient. Les filles étaient énervées. Quand il revenait, en tout cas, les choses retrouvaient leur place, il y avait un homme à la maison, un caractère. Il a proposé à Roger de l'emmener à l'occasion de l'un de ses voyages, pas trop loin, s'il voulait, il lui montrerait les qualités de sa mariée qui était l'une des deux ou trois grues les plus puissantes sur le réseau de chemin de fer français. Ça ne s'est pas fait. Roger a tout de suite été accaparé par son taxi. Basile lui a dit :

— Tu ne pédaleras pas toute ta vie. Tu as appris le métier de mécanicien, si tu en as envie je parlerai à mes chefs, tu viendras travailler avec nous à la SNCF.

Leur bonne amitié a duré trois mois, jusqu'en juin. Saint-Astier a gâté leur relation. C'était rien, pas grand-chose. Roger l'a senti. Basile n'a rien dit. C'était dans son regard. La confiance avait fui. Pas toujours. Par moments, dans les yeux du cheminot, il y avait un doute. Pourquoi ? Que soupçonnait-il ? Un camarade à la gare, un contrôleur, une guichetière, qui aurait aperçu Roger et rapporté à Basile, qui connaissait tout le monde, là-bas : « Tiens, ton copain, le taxi, est monté dans le train, hier » ?

Roger Martin a reconnu qu'il avait commis une erreur, ce jour-là, en prenant le train. Il n'avait pas eu le courage de pédaler jusqu'à Saint-Astier, qui n'était pourtant pas si loin. Il avait eu envie du train. Il a pris garde après et essayé de se rattraper, mais c'était trop tard.

Basile a peu à peu cessé de l'appeler « p'tiot ». Roger collait son oreille au plancher pour écouter si son voisin dormait dessous dans sa chambre, parce qu'il ronflait, quand il se préparait à ses sorties nocturnes. Il était plus tranquille lorsque les déplacements de la grue l'envoyaient à Brive, Limoges ou Bordeaux.

L'attentat contre la mariée, dans la nuit du 17 décembre, ne les a pas rapprochés. La création des ateliers ferroviaires dans le quartier du Toulon à Périgueux remonte à 1864. On y a compté jusqu'à deux mille cinq cents employés et Périgueux a été baptisée pour ça « ville cheminote ». Les ateliers existent toujours, mais on a modernisé leur nom, on dit « le technicentre ». Plus de cinq cents hommes et femmes y travaillent aujourd'hui, à remettre en état les anciennes voitures Corail qu'on aménage en trains de nuit.

La grue était en réparation dans l'atelier de montage après un premier attentat sans gravité en gare de Brive. Les explosions ont réveillé presque toute la ville et les murs de la pension ont tremblé. Lucile a dit qu'elle avait senti le plancher vibrer. Il y a eu deux explosions aux alentours de 1 heure. La première a surpris tout le monde dans les profondeurs du sommeil. La seconde a eu lieu presque aussitôt, deux ou trois minutes après. Celle-là, ils l'ont bien entendue.

Ils étaient habitués aux détonations des bombes et des fusils. Ils ont attendu pour savoir s'il y en aurait encore, et ils sont sortis de leurs chambres en chemise.

L'électricité était coupée. Les femmes ont allumé leurs chandelles et ils se sont retrouvés dans l'escalier au bout du couloir. Les secousses avaient été vraiment brutales. Ça avait dû sauter pas loin. Ils ont écouté, ils ont entendu des moteurs. Le jeune Simon a dit :

— C'est peut-être la Gestapo qui a sauté !

La mère Richoux est descendue regarder au judas de l'entrée. Elle n'a rien vu. C'était le couvre-feu. La rue du Regard ne mérite pas son nom, elle est étroite, sous les murs de la cathédrale. La veuve est remontée à son premier étage.

— Retournez donc vous coucher. Il fait froid. Vous ne saurez rien de plus pour l'instant. On verra demain.

Il faisait froid, en effet. Ils ont souri, malgré tout, de s'être montrés en chemise et ils sont rentrés dans leurs chambres.

Le lendemain matin, ils descendaient pour le petit déjeuner, le jour n'était pas levé, lorsqu'un manœuvre des messageries a frappé à la porte et est entré sans attendre. Il n'a pas enlevé sa casquette.

— C'est aux ateliers que ça a sauté, cette nuit !

Il a regardé Basile.

— Il paraît que c'est ta grue qui a pris !

Basile a blêmi. Il est parti avec le manœuvre.

Le rapport de la gendarmerie est détaillé. Une douzaine d'hommes armés de mitraillettes et de pistolets ont pénétré dans l'enceinte des ateliers à 0 h 45 et fait irruption dans la salle de montage. Ils semblaient connaître les lieux. Ils ont enfermé les deux gardes de nuit dans le local du fond de l'atelier qui tenait lieu d'huilerie. Le cordon Bickford endommagé sur la grue par l'attentat de Brive avait été réparé. Les grutiers allaient la convoyer deux jours plus tard pour des travaux en gare de Limoges. Deux locomotives en réparation étaient là aussi dans l'atelier de montage. Les saboteurs ont placé trois explosifs, deux sur le côté gauche de la grue, un sur le droit. Les gardes de nuit les voyaient agir à travers la vitre de la porte de l'huilerie. Les individus avaient dissimulé leurs visages sous des foulards. Deux d'entre eux, qui avaient sans doute intérêt à ne pas être reconnus, étaient coiffés de bérets basques enfoncés jusqu'aux yeux. Ils se sont sauvés sitôt l'installation des charges. Cinq minutes après, la première explosait. La seconde ensuite. Le troisième dispositif n'a pas fonctionné.

Les secours sont arrivés très vite, la Feldgendarmerie la première. Les gardes de nuit indemnes dans l'huilerie étaient choqués. Le souffle avait volatilisé la vitre du cagibi. Les roues en fonte de la grue étaient pulvérisées, le bras de levage tordu, le câble brisé. Les locomotives avaient pris, aussi.

Les gendarmes français ont relevé des traces d'escalade et d'argile sur le mur de l'économat donnant sur la route d'Angoulême. Un ou deux individus ont dû pénétrer dans l'enceinte par là et ôter le verrou de la porte d'entrée. Une poussée de l'extérieur a alors suffi à faire céder la serrure. De là, ils ont rejoint l'atelier de montage, situé à une vingtaine de mètres. Les gardiens avaient déjà mis en fuite deux hommes qui essayaient de s'introduire dans l'atelier, le 26 novembre, trois semaines plus tôt. Il s'agissait sans doute d'une répétition préparatoire à l'attentat. Des agents de la SNCF familiers des lieux accompagnaient certainement le commando.

Basile Brillouet n'est revenu à la pension que le soir après les interrogatoires des polices allemande et française. Il était accablé par l'état de la grue, peut-être pas réparable. Il avait dit aux policiers qu'il était dans son lit lorsque les bombes avaient explosé, tous les pensionnaires pouvaient en témoigner. La veuve Richoux était d'ailleurs convoquée le lendemain à la Kommandantur. Il a refusé la bouteille de vin pour faire chabrot dans sa soupe comme d'habitude. Ils étaient à table autour de lui, qui regardait sans manger ses grosses mains rondes et courtes comme s'il comptait ses doigts ou les sillons noirs que le fer des leviers et des manettes de la mariée lui avait creusés dans la peau.

— C'est un coup de la Résistance, il n'y a pas de doute, a-t-il soupiré. Les chleuhs sont furieux. Ça va encore faire mal.

Il parlait bas dans sa moustache, la voix rauque, la soupe fumait, et il fallait tendre l'oreille.

— Vous savez que la grue était la prunelle de mes yeux. C'est malheureux pour elle. Mais je comprends les résistants. Ce qu'ils ont fait, il fallait le faire. Si on la répare, ils recommenceront. Ils auront raison. Quand ils commettent un attentat sur la voie pour empêcher les trains chleuhs de passer, j'arrive avec ma mariée et nous remettons les rails en place.

Il a relevé la tête, l'os énorme de sa pomme d'Adam a monté et descendu le long de son cou, il a ajouté :

— C'est sans fin. Ils n'ont pas tort, les gars. Ils font ce qu'il faut faire.

Ses yeux brillaient. On aurait dit que cet homme de fer allait pleurer. Connaissait-il quelques-uns de ceux qui étaient masqués ? Il a regardé les femmes et les gars, les uns après les autres, autour de la table.

— Ce que je viens de vous dire ne doit pas sortir d'ici. Si ça arrivait, on n'est pas nombreux, ça serait un malheur pour celui qui aurait parlé.

Ses yeux sont revenus vers Roger et l'ont fixé. Les autres l'ont remarqué.

— Allez, mangez ! a dit la mère Richoux.

10

Nous commandons des haricots demi-secs à nos voisins paysans de la Vergne, chaque mois de septembre. Roger s'installait à notre table de cuisine et toute la journée, quelquefois un peu plus, il écossait, pour nous, pour lui, pour Juliette et Joséphine quand elles se sont installées chez elles.

À chaque fois, quand le dernier sac était vide, il disait :

« C'est la fin des haricots ! »

Nous riions. Il fallait qu'on rie. Il ajoutait, en fourrant le tas de cosses vides dans les sacs :

« Je compte sur vous dimanche ! »

C'était devenu une tradition, il avait dit « J'ai le fricot », il nous invitait le dimanche suivant à manger avec lui « le cassoulet de Maïalen ».

Nous n'avons pas manqué un cassoulet pendant huit ans, même au dernier automne, il allait déjà moins bien.

Il y avait le cassoulet de Maïalen, et les autres. Il reprenait sa recette basque. Nous devions manger pour mille ans. Il voulait « nous faire péter la baleine ». Nous n'avions goûté qu'une seule fois le cassoulet de Maïalen, au Gîte des Cimes. Il n'était jamais satisfait. Il grognait qu'il aurait dû donner un tour de moulin à poivre en plus, ou que Maïalen avait la main un peu plus lourde sur l'armagnac, ou il accusait les haricots. Il voulait le vrai goût de Maïalen et ne le retrouvait jamais tout à fait.

Nous avons évoqué son cassoulet en marchant derrière son cercueil. Il en portait une barquette à la charcutière, qui lui fournissait la poitrine de porc. Il faisait pareil avec les paysans de la Vergne.

Il cuisinait ses confits de canard, comme Maïalen, parce que ceux du commerce manquaient tragiquement de cinq-épices. Il passait la journée derrière ses fourneaux. Un bon cassoulet se prépare la veille et se sert réchauffé. J'ai visité Roger, certaines veilles de nos ripailles. Les carcasses de volailles cuisaient à petit feu pour ses bouillons. Je venais d'avaler mon petit déjeuner mais j'ai dû goûter la saucisse de Toulouse. Il a débouché une bouteille du bergerac du lendemain.

Il empruntait sa nappe blanche à Anne. Nous sortions avec lui la table et les parasols sur la terrasse, face au jardin, les beaux dimanches de fin septembre. Les septembres sont souvent beaux à Mesnard. Nous n'avons mangé que deux fois à l'intérieur. Il arrivait avec la cocotte par les oreilles.

« Je ne mets pas dans un plat. Ça refroidira moins vite dans son jus. »

Juliette et Joséphine étaient là. Juliette jouait la femme de service et l'obligeait à rester assis quand le sel ou le poivre ou une cuiller manquait. Elle fouillait comme chez elle dans son buffet de cuisine. Joséphine ne venait jamais sans un livre. Elle soufflait pour écarter la mèche folle qui lui tombait sur les yeux.

Il réclamait les assiettes pour nous servir à la louche.

« Cette tranche de saucisson, ce joli piment rouge, cette bonne petite carotte… »

Il versait le vin dans les verres. C'était toujours le bergerac. Nous ne savions pas alors combien, pour lui, Bergerac était proche de Périgueux. Nous riions de sa passion pour le vin de Bergerac qui était bon, nous riions de tout, le ventre plein. Il avait dû apprendre à le boire pendant la guerre, mais il ne nous l'a jamais dit.

Au dessert, c'était la tarte aux prunes, à « gros bords », la pâte sablée aux amandes effilées de Maïalen.

« Mangez des amandes, les filles, disait Maïalen à ses jeunes pensionnaires du gîte, les amandes donnent de gros seins ! »

L'après-midi en général s'étirait lentement entre ombre bleue et soleil blanc, et nous aventurait, repus, quelques pas, dans le jardin. Roger cueillait pour nous des tomates et des piments comme ceux du cassoulet dont il avait importé les plants d'Espelette, acclimatés à Mesnard. S'il avait été plus jeune, disait-il, il se serait lancé chez nous dans la culture du piment, il était persuadé du succès. Nous revenions sous les parasols orange, où les jeux de cartes nous attendaient. Quand le jour baissait, ses pigeons ramiers rentraient les uns après les autres, par couples, dans sa volière vide au fond du jardin. Nous les écoutions roucouler tandis que nous jouions nos dernières cartes et invariablement nous évoquions, nostalgiques, la palombière.

Et nous recommencions à manger, à la lumière de l'ampoule du dehors. Il le fallait.

« Vous n'allez pas me laisser la moitié de ma cuisine sur les bras ! Faites-moi plaisir ! Faites un effort ! »

Les moucherons se collaient en nuée à la lumière. Les plus courageux reprenaient du cassoulet, un morceau de blanc, une bonne petite carotte, un joli piment rouge… La salade, le plateau de fromages circulaient à nouveau, et la seconde tarte, que nous n'avions pas encore vue et qu'il avait cuite pour que nous ne nous en retournions pas l'estomac vide.

Et lui mangeait autant que nous, à quatre-vingts ans passés, je ne l'ai jamais vu rechigner à table jusqu'à sa maladie.

« Mangez ! Mangez ! disait-il. On voit que vous n'avez jamais eu faim ! »

Où mettait-il ce qu'il mangeait ? Il n'a jamais eu de bedaine. Nous nous souvenions de l'abondance à la table de Maïalen. Elle avait pris du « bon » gras. Lui disait qu'il était une mauvaise bête, ce qu'il mangeait ne lui profitait pas. Nous n'avons jamais vraiment tenté de savoir quand il avait eu faim.

J'ai essayé d'imaginer une soirée de festin comme ça, alors que nous aurions appris de quoi il s'est rendu coupable. Aurait-elle été possible ? J'ai interrogé Anne. Elle a répondu que rien n'aurait été pareil. Les filles, d'abord, ne seraient pas venues. Tu imagines Juliette ! Et nous ? C'était impossible. Tu aurais pu le regarder en face, lui sourire, rire à ses plaisanteries ?

Il rendait visite, à Saint-Georges, à un monsieur Hippolyte qui a eu affaire avec la justice en 1945. Cet homme n'ignorait pas le passé de Roger, qui avait fini par se confesser à lui, il est venu depuis nous le dire, après nous avoir vus à l'enterrement. Le vieil Hippolyte l'avait interrogé, plusieurs fois, en lui parlant de nous : « Est-ce qu'ils savent ? »

Et Roger lui a donné à chaque fois la réponse que nous connaissons : « Je n'ai pas osé. »

Je suis convaincu qu'il a craint chaque jour qu'un visiteur, un article dans la presse, un livre, il y a eu des livres où son nom est cité, ne révèle son ignominie et ne ramène au jour ce qu'il avait passé toute une vie à dissimuler.

Nous l'avons vu blêmir une fois, à Cambo, une fin d'après-midi de bleuite, à cause d'un chasseur. Nous venions de rentrer, bredouilles et ravis, de la palombière des Aldudes. Nous nous étions assis sur le banc de la terrasse face à la montagne, la tête débordante des vols bleus qui avaient évité nos filets. Nous n'avions pas été mauvais. Elles avaient été meilleures que nous.

Le chasseur a stationné sa voiture sur le parking du gîte et Roger est descendu l'accueillir, souriant, serviable comme à l'habitude. L'homme revenait d'une chasse postée. Il a sorti de son coffre le fusil qu'il n'avait pas pris le temps d'enfermer dans son étui et le coup est parti quand il le glissait à l'intérieur.

Roger est resté bouche ouverte et il a hurlé soudain en regardant ses doigts qu'il avait passés sur sa mâchoire.

— Je saigne !

J'ai cru qu'il allait se jeter sur le chasseur qui avait oublié de retirer la cartouche de son fusil et qui bredouillait :

— Ex... excusez-moi ! Ce n'est rien, vous n'avez rien !

Il s'est penché pour examiner la joue de Roger que les plombs avaient effleurée. Roger l'a repoussé.

— Range ton fusil !

Nous nous sommes levés. Maïalen est sortie. Nous l'avons suivie. Roger saignait, en effet, deux plombs en passant lui avaient seulement tracé sur la joue comme des griffures de ronce.

— Dans huit jours, on ne verra plus rien, l'a rassuré Maïalen.

Anne lui a tendu son petit miroir de poche. L'homme, qui dépassait Roger de la tête et des épaules, répétait :

— Excusez-moi, ça ne m'est jamais arrivé, c'est la première fois !

— Heureusement ! lui a lancé Maïalen.

Il n'avait pas encore descendu sa valise.

— Vous préférerez sans doute que j'aille passer la soirée ailleurs ?...

— Non, puisque vous êtes là maintenant, restez. Le mal est fait.

J'ai regardé Roger. Des éclairs jaunes comme des déchirures d'orage sillonnaient son bon œil. Et soudain, alors que le chasseur portait sa valise, son visage d'où il essuyait le sang avec son mouchoir a pris une pâleur cadavérique, le tour de ses yeux et de ses lèvres est devenu tout bleu.

— Tu ne vas pas te sentir mal ? Ça va aller ? l'a interrogé Maïalen.

Elle a glissé son bras sous le sien. Je l'ai soutenu de mon côté. Sa chemise était mouillée de sueur. Nous sommes remontés vers la maison.

Une heure après, alors qu'il reprenait son service pour le dîner, un léger pansement sur la joue, il n'avait toujours pas recouvré ses couleurs. Il est passé près de notre table, le visage fermé. Nous étions surpris. Nous le connaissions insouciant, prêt à rire de lui et de tout. Maïalen a quitté un instant ses fourneaux et s'est appuyée dans l'embrasure de la salle à manger. Elle paraissait toujours légèrement ébahie quand elle regardait son homme et elle lui a lancé en souriant :

— Ce n'est tout de même pas la guerre !

C'est tout ce qu'elle a dit. Qu'est-ce qu'elle laissait entendre ? Roger a haussé les épaules, les mâchoires crispées. Nous avons ri. Il a fini par sourire, aussi. Nous ne connaissions pas, alors, sa guerre.

Je suis persuadé que, ce soir-là, elle ne lançait pas une parole en l'air. Elle évoquait bien le passé de Roger, dont elle était informée. Il lui a fallu toute la soirée pour se détendre un peu.

— J'ai eu peur, nous a-t-il grimacé, encore crispé.

Le lendemain matin, il était redevenu l'homme joyeux que nous aimions. Il était même plus débordant, actif, il parlait au chasseur comme si c'était lui le coupable désireux de se faire pardonner.

Il m'a dit à notre retour du voyage chez le notaire en Charente que son père était imbibé. Il a eu ce mot, « imbibé ». J'ai demandé à Anne de ressortir la photo de Roger, jeune homme, que nous avons trouvée après sa mort dans ses affaires. Le papier est mauvais. Elle date sans doute de Périgueux. Ça ne peut pas être une photo anthropométrique d'après, de Bordeaux et du juge. Celles-là, il a dû s'en débarrasser. Il n'a pas une figure de voyou, au contraire. D'ailleurs, elle serait d'après, il n'aurait pas ses deux yeux intacts. Il sourit, les joues rondes de « bébé », il est certainement bien nourri. Sa tignasse épaisse est collée à la mode de l'époque, la raie sur le côté, et on pourrait presque compter les dents de son peigne. Il se dresse bien droit, sans doute pour se grandir, photographié de trois quarts, en veste de costume, le menton levé au-dessus du gros nœud de cravate. Il n'a pas une tête de fils d'ivrogne. Où la photo a-t-elle été prise ? On distingue derrière lui les joints rectangulaires d'un mur de pierre, un rosier grimpant y est accroché, ses branches gouvernées par un fil de fer. Un dimanche dans la cour de la pension ? Qui l'a photographié ? Son amie Lucile ? Il a l'air heureux, il regarde l'appareil en face avec ce sourire espiègle qui fait fondre et qui nous a séduits aussi. Est-ce que c'est là une figure de traître ? Est-ce qu'après la photo, ce jour-là, il est monté sur son vélo pour livrer des noms à la Gestapo ?

— S'il était là, ai-je murmuré à Anne, tandis que nous nous passions, effarés, l'un après l'autre, sous la grosse ampoule de la salle de lecture des archives de Bordeaux, les feuillets de plus en plus lourds du dossier Martin, je crois que j'aurais plaisir à lui mettre mon poing sur la gueule.

Elle a cessé de lire et a relevé la tête, la bouche douloureuse, les larmes aux yeux.

11

Son air épanoui, rayonnant, sur sa photo de jeune homme tient sûrement à sa relation avec Lucile, la fille Richoux. Il a reconnu qu'à l'automne de 1943 leur fréquentation était devenue « *plus intime* ».

Rien dc surprenant à ça. Un étage seulement séparait leurs chambres.

Il a défendu la jeune femme. Elle était courageuse, travailleuse, intelligente, plus que lui, a-t-il dit au juge. Elle avait une jolie voix. Elle chantait, le soir, dans la salle à manger. Les gars le lui demandaient.

Elle montait le rejoindre au troisième lorsque tout le monde était couché. Ils fumaient des cigarettes. Leur épaisse fumée envahissait la chambre. Lucile ne restait pas avec lui. Elle regagnait son lit après qu'ils s'étaient aimés. Ça n'était un secret pour personne.

Ils s'aimaient vraiment. Si les événements n'avaient pas été ce qu'ils ont été, ils auraient sans doute fait leur vie ensemble. Ils en ont parlé. La veuve n'aurait pas été contre qu'il prenne, après la guerre, la succession du mécano Jean Piet, qui vieillissait. Elle garderait ainsi sa fille près d'elle, et ses petits-enfants n'auraient qu'à courir d'un numéro à l'autre dans la rue pour retrouver leur grand-mère. Rien n'empêcherait Roger de poursuivre ses activités de taxi, cette fois avec une voiture.

Lucile n'a pas mérité ce que les maquisards lui ont fait à la Libération, a déclaré Roger au juge. On peut quand même se demander, à la lecture de ses interrogatoires, s'il avait conscience de la gravité de ce qu'il faisait.

Après huit mois d'absence, il est revenu passer Noël à la boulangerie chez sa sœur. Noël était un samedi. Il a laissé sa remorque de taxi sous le préau des Richoux et il est parti le jeudi.

Il emportait dans sa sacoche de bicyclette une chambre à air de rechange. Il a plié son costume sur le porte-bagages. Il y a quatre-vingts kilomètres entre Périgueux et Angoulême. La route monte du côté de Brantôme. Par chance, il ne pleuvait pas. Un léger vent de nord soufflait de face. Il avait noué son cache-col, enfoncé profond son béret. Il a dit qu'il avait préféré le vélo plutôt que le train parce qu'il avait les jambes et qu'il serait plus libre. Il avait aussi dans la tête le faux pas de son voyage en train à Saint-Astier et la méfiance du grand Basile en conséquence. Lucile lui avait glissé une bouteille de Viandox presque bouillant dans une double épaisseur de chaussettes de laine pour en préserver la chaleur. Même refroidi, le Viandox lui donnait un coup de fouet quand ses jambes commençaient à flageoler.

Le séjour, place du Mûrier, s'est moyennement passé. Jacques, le mari prisonnier de Marcelle, était de retour en échange de travailleurs du STO. Sa relation avec Roger, qu'il avait à peine fréquenté avant la guerre, n'était pas bonne. Il avait appelé son petit beau-frère « le nain ». Roger le savait.

Lorsqu'il est entré dans la boulangerie, le jeudi après-midi, Jacques, qu'il n'avait pas vu depuis trois ans, lui a demandé :

— Qu'est-ce que tu fais là ?

— Je suis venu passer Noël avec vous.

— Je croyais que tu étais bien dans ton Périgord et qu'ils ne pouvaient plus se passer de toi !

Et pendant tout son séjour chez eux, ç'a été cette petite guerre entre eux.

Il est vrai que le travail de la boulangerie en cette période de Noël 1943 ne portait pas à la bonne humeur. La ration individuelle journalière de pain avait été portée à trois cents grammes. Les gens voulaient quand même célébrer la fête. Jacques est allé couper un genévrier sur les chaumes d'Angoulême pour le magasin. Ils ont entendu la voix tremblante du Maréchal à la radio, le soir du 24 : « Écoutez un homme qui n'est là que pour vous et qui vous aime comme un père… »

Le couvre-feu était exceptionnellement reporté de 23 h 30 à 1 h 30. Marcelle n'a pas eu le cœur de préparer un réveillon. Ils se sont contentés, en rentrant glacés de la messe de minuit à la cathédrale, du Phoscao brûlant que Roger avait rapporté dans ses sacoches pour l'offrir à sa sœur et ils n'avaient pas à se plaindre, ils y ont trempé les petites brioches rondes de la boulangerie. Roger avait sur les épaules sa canadienne chaude dans l'église froide et Jacques n'avait pu s'empêcher d'en caresser le col et de lui murmurer :

— Oh ! La jolie laine de mouton ! Qu'est-ce qui paye tout ça ? Il y en a à qui la guerre profite…

Il avait la hargne contre « les planqués de l'arrière », mais il refusait de parler quand on l'interrogeait sur son stalag de Poméranie, il grognait seulement qu'il n'avait jamais eu aussi froid et qu'ils étaient dévorés par les puces et les poux.

Roger a offert un tambour au petit Pierre, son neveu, une boîte de craies et des soldats de plomb. Il avait acheté deux cigares à 50 francs, un pour lui et un pour son beau-frère, qu'ils ont fumé ensemble après le déjeuner, le jour de Noël. Mais Jacques a quand même ricané que c'était malheureux, cette fumée était du gaspillage.

Pierre nous avait fait signe de le suivre dans sa salle à manger, lors de notre première visite à sa mère, à Bordeaux. Il voulait nous montrer la vitrine, à côté de la télévision, qui ne suffisait pas à contenir sa collection de soldats de plomb qui débordait sur le linteau de la cheminée et le buffet. Les soldats étaient rangés par pays et corps d'armée, mis en scène comme à un défilé du 14 juillet. Pierre les connaissait tous, jusqu'aux grognards de Napoléon, leurs batailles, leurs triomphes et leurs défaites. Il a ouvert la porte de la vitrine. Il avait isolé là-haut, sur leur table de verre, trois soldats plus grossiers, plus laids, au plomb usé. Il leur devait sa collection, nous a-t-il expliqué, ils avaient été les premiers, il avait joué avec eux, ils avaient vécu, ils avaient perdu leurs couleurs. C'étaient, paraît-il, un fifre, un fantassin et une estafette. C'étaient les soldats de Noël 1943, offerts par Roger à son neveu. Il nous les a fait toucher. Il a pris une inspiration rapide qui a semblé rester coincée dans sa gorge et il a grimacé.

— Les soldats de plomb de la Gestapo !

Clovis, le mécano, nous a dit qu'il a vu Roger traverser la place du Mûrier, le lendemain de ce Noël 1943. Il bruinait. Le temps s'était brusquement radouci. Il n'avait pas de parapluie. Roger a fait semblant de ne pas l'avoir vu, il en est persuadé. Il portait sa canadienne à col de mouton, il a accéléré le pas pour l'éviter. Le petit gars avait changé. Il n'y avait pourtant pas un an qu'il leur avait faussé compagnie. Qu'est-ce qui l'avait changé ? C'était dans son allure. Il a pensé qu'il avait peut-être eu raison de partir. Roger était à un âge où on change. Il avait mûri, forci un peu. On ne savait rien des gens en ces temps bousculés. Tout le monde se méfiait de tout le monde. On apprenait soudain que les Allemands avaient arrêté un voisin sans histoire qui était dans la Résistance, et on voyait un camarade, qu'on estimait, défiler avec la Milice. Des gens disparaissaient. Du jour au lendemain, ils n'étaient plus là. Tout le monde rasait les murs. Il a quand même regretté de ne pas avoir interpellé Roger, et il lui en a voulu de ne pas lui avoir dit bonjour. Qu'est-ce qu'il lui avait fait ?

Roger est rentré à Périgueux, le lundi. Marcelle lui a demandé pourquoi il repartait, pourquoi il ne s'installait pas vélo-taxi à Angoulême, il aurait gagné sa vie aussi bien. Il a écouté sa sœur, elle l'a senti hésiter, il a été tenté de recommencer en Charente, tourner la page, vivre près d'eux, avec Lucile pourquoi pas. Il lui avait parlé d'elle.

Mais il a dit non. Pas pour l'instant, pas déjà. Il lui a dit qu'à Périgueux il avait une clientèle, des amis. En fait, il savait qu'à Angoulême Knuchel était toujours là et que, s'il revenait, l'Allemand ne le lâcherait pas et n'hésiterait pas, si besoin, à le faire monter dans le camion puis le train avec les autres.

Elle est sortie sur le seuil de la boulangerie avec Pierre, le matin de son départ. Il a embrassé le petit et l'a posé entre ses genoux sur le cadre du vélo comme pour l'emmener avec lui. Ils ont pédalé en riant autour de la place du Mûrier. Elle était triste. Elle ne pouvait pourtant pas imaginer comment il vivait là-bas. Il lui a rendu Pierre. Elle a boutonné le col de la canadienne de son frère qui était ouvert, l'a embrassé. Elle l'embrassait toujours depuis qu'il était drôle. Elle avait été sa petite mère.

— Sois prudent ! Ne te fais pas remarquer !

Il a levé la main, souri. C'est la dernière fois qu'il est venu la voir. La fois suivante, c'est elle qui l'a visité, en prison.

Gendarmerie nationale

Cejourd'hui, 1er septembre 1945, à 19 heures.

Nous soussignés, Victor Rocher, brigadier, et Robert Limouzin, gendarme, à la résidence de notre uniforme et conformément aux ordres de nos chefs, en visite de communes, avons appris par une personne désirant garder l'anonymat que les deux individus qui se trouvaient parmi les Allemands lors de l'arrestation de gens de la région avaient séjourné chez Mme Delpaste à la Martelle.

Afin de nous assurer de la véracité des renseignements recueillis et pour faire suite au PV de la brigade en date du 18 avril 1945, nous nous sommes rendus chez l'intéressée Delpaste, qui nous a fait la déclaration suivante.

Delpaste Angéline, née Bordes, 32 ans, jardinière, demeurant à la Martelle, commune de Saint-Germain-de-Reilhac (Dordogne) :

« Le 2 février 1944, deux individus se disant de la Résistance sont venus demander des renseignements à mon mari. Je n'ai pas suivi leur conversation, mais je sais que le seul but était le maquis qu'ils voulaient rejoindre. Ils ont discuté pendant deux heures environ puis ils sont partis dans la soirée vers 16 heures, mais je ne puis indiquer la direction prise.

Le 13 du même mois, soit onze jours après, mon mari a été arrêté, ainsi que de nombreux voisins, notamment Marciac, Sordelli, Fournier et Rambourg. Étant donné que les deux soi-disant maquisards n'étaient autres que des agents à la solde de l'ennemi dont nous ne nous sommes pas méfiés, il n'est pas étonnant que les amis de mon mari aient été arrêtés en même temps que lui. Aucun de nos hommes n'est revenu. »

Lecture faite, persiste et signe.

Une trentaine de feuillets dans le dossier Martin sont remplis de témoignages et de procès-verbaux accablants contre notre ami. La multiplication des attentats et des sabotages de la Résistance rendait fou furieux Hambrecht, qui menaçait ses hommes et ses agents. Roger continuait de pédaler sur son vélo-taxi à Périgueux et disparaissait dans le Lot, la Dordogne, la Haute-Vienne, la Corrèze. Marcelle lui écrivait, et il prétendait qu'elle lui demandait de monter lui donner un coup de main à la boulangerie. Les regards soupçonneux de son ex-camarade et ami, Basile, le poursuivaient quand il partait.

Le complice, signalé par la veuve Delpaste, était un dénommé Schmitt, de Bergerac, un grand bellâtre blond à casquette écossaise à pompon et souliers vernis noir et blanc, que Roger lui interdisait de porter quand ils étaient ensemble. Il préférait pourtant opérer avec cet individu trop visible d'une autre ville pour rester autant que possible discret à Périgueux. Les justiciers de l'épuration n'ont pas eu de mal à retrouver le Bergeracois à la Libération et ils l'ont pendu à un croc de boucher.

Les deux compères se sont donné rendez-vous dans le pays de Reilhac, en Dordogne, le 31 janvier 1944. Le vent d'Espagne soufflait et il a fait si chaud pendant ces jours-là que le thermomètre a grimpé à vingt-six en plein hiver. Les gens ont eu peur, la guerre déboussolait le climat, disaient-ils, et ils n'avaient peut-être pas tort. Les Allemands et les collabos accusaient les bombes des Anglais et des Américains.

Martin a attendu Schmitt au train, gare de Mauzens, le soir du 31, avec son vélo. Schmitt s'est assis derrière lui sur le porte-bagages. Il était lourd. Il faisait chaud. La route monte après la sortie du village.

C'était alors un chemin. Ils se sont arrêtés à mi-côte, au café Rambourg, hameau de la Gênerie.

Plutôt qu'un hameau, c'est ce qu'on appelle un écart, rien qu'une maison de pierre, la cour, l'écurie, la grange, au milieu des arbres. Les fenêtres, tournées vers la vallée, regardent le Manaurie, le ruisseau qui sinue dans le fond vers la Vézère. La femme Rambourg a entendu les deux hommes parler dans sa cour. Le vent de sud promenait un poivre de poussières craquantes de sable. Elle est sortie. Son homme n'était pas rentré de la carrière où il cassait les pierres. Ils ont soulevé leur casquette et leur béret et dit qu'ils arrivaient du Bugue, et lui ont demandé à boire, de l'eau pour commencer.

Elle était une solide femme brune aux yeux verts et à la peau très mate habituée aux voyageurs. Deux petits enfants aux cheveux noirs jouaient dans sa cuisine. Martin et Schmitt se sont assis à une table cirée du bistrot et ont tombé la veste en respirant la bonne odeur de cuisine. Ils lui ont raconté qu'ils arrivaient du maquis de la Corrèze et avaient échappé de justesse avec ce vélo à l'attaque de leur camp par les Allemands, et lui ont demandé s'ils pouvaient manger. Elle leur a répondu qu'elle allait recevoir du beau monde, son ragoût n'était pas pour eux mais que, si ses invités étaient d'accord, ils pourraient partager avec eux.

À ce moment-là, sont arrivés trois hommes, Rambourg, le mari carrier, accompagné d'un grand monsieur maigre en costume et chapeau et d'un paysan chauve aux longs cheveux gris en couronne tombés sur le col de chemise. Ils ont rapproché les tables et les jeunes voyageurs ont profité de l'aubaine. La femme apportait les plats de sa cuisine, où les enfants mangeaient avec elle. Le carrier avait monté des bouteilles de vin cachetées à la cire jaune et rouge de sa cave et dit en riant que c'était monsieur Liger qui régalait.

Monsieur Liger était le « beau monde » dont avait parlé la femme Rambourg. Il n'était pas vraiment d'ici, il vivait à Paris, mais il avait hérité les terres de ses parents, qui possédaient la moitié du pays. Le paysan, Brunet, était un de ses métayers. Le propriétaire venait deux fois par an dans sa maison de Mauzens-Miremont pour régler les comptes et les partages, et il prenait pension chez Rambourg parce que la femme lui servait de la cuisine périgourdine de tout premier ordre. Il ne regardait pas à la dépense. Le vin de Rambourg n'était pas mauvais non plus.

Les deux prétendus résistants ont montré pour preuve les revolvers d'ordonnance qu'ils avaient gardés sur eux. Martin avait recommandé au Bergeracois de tenir sa langue. La nuit était venue depuis longtemps et il faisait chaud encore. Les petits oignons grelots avaient caramélisé dans la sauce épaisse et onctueuse du ragoût. Rambourg servait à boire en bretelles sur sa chemise. Monsieur Liger tendait son verre, impeccable, et il coupait sa viande avec lenteur à l'aide d'un couteau à manche de cuivre orné d'un joueur de pelote en relief. Les jeunes ont demandé s'ils pouvaient dormir dans le foin ou la paille de la grange et monsieur Liger leur a dit :

— Je vous invite à dormir chez moi, les gars.

Ils ont redescendu à pied ensemble dans le noir à Mauzens, et c'est là qu'ils ont voulu savoir s'il connaîtrait des gens qui leur permettraient de rejoindre un maquis de la Dordogne.

La journée suivante a passé. Les jeunes se sont promenés dans Mauzens et sur les bords du Manaurie et, lorsqu'il est venu souper, le soir, chez Rambourg, Liger n'est pas arrivé les mains vides, il poussait une bicyclette bleue par le guidon.

— Ç'aurait été le diable que je ne trouve pas un autre vélo ! Vous n'allez pas continuer à deux sur un engin ! Vous êtes jeunes, mais quand même !

Les jeunes ont ri, remercié. Ils étaient contents. Ils ont mangé avec le carrier et le monsieur la potée à la graisse d'oie de la belle madame Rambourg, son prénom était Émilienne. Ils sont restés encore plus longtemps à table. Liger et Rambourg leur ont indiqué les noms des paysans qui accueillaient les maquisards, le paysan Brunet présent la veille bien sûr, et d'autres, Sordelli, Fournier, Delpaste, il y avait aussi un Besse de La Douze ; avec ces gens-là les deux jeunes convives avaient de quoi trouver le maquis dont ils avaient besoin. L'heure est venue d'enfin se décider à aller se coucher, et Joseph Rambourg a dit :

— Cette fois vous n'allez pas descendre dormir chez monsieur Liger. Émilienne vous a préparé un lit. Vous allez coucher chez nous !

C'était le 1er février. Il faisait tiède, mais moins chaud que la veille, le vent était en train de tourner.

Le lendemain, les jeunes sont partis sur leurs vélos. Ils se sont arrêtés chez les Delpaste à la Martelle, à Saint-Germain-de-Reilhac.

Douze jours plus tard, les Allemands raflaient Rambourg, Brunet, Sordelli, Fournier, Besse, Delpaste. Monsieur Liger était reparti à Paris, il n'a pas été arrêté ce jour-là. Émilienne Rambourg a été forcée de monter dans le camion, elle s'est accrochée aux ridelles en criant :

— Jean-Joseph ! Marie-Jeanne !

Les noms de ses enfants, qui restaient tout seuls dans la maison.

Son homme avait été arraché à la carrière à coups de crosses et de bottes. Elle n'a pas eu accès à son camion et ne l'a plus jamais revu. Elle a été libérée vingt-quatre heures plus tard.

Le témoignage d'Angéline Delpaste est formel. Elle déclare expressément reconnaître sur la photo que lui montrent les gendarmes le jeune faux maquisard cycliste à béret, il accompagnait les soldats qui poussaient son mari avec leurs fusils dans la cour de la Martelle. C'était notre ami Roger Martin.

12

Hambrecht a payé 5 000 francs la comédie criminelle que le duo Schmitt et Martin a rejouée avec succès pendant les mois qui ont suivi, à Ussel (Corrèze), Martel (Lot), Thiviers (Dordogne). Le grand et le petit, la casquette et le béret. Ils préparaient leurs opérations avec soin, obtenaient discrètement par la Milice les noms de potentiels sympathisants du maquis, repéraient les gens suspects d'activités communistes ou réputés comme tels et débarquaient dans le pays en jouant les ignorants alors qu'ils savaient déjà beaucoup.

Ils ont ainsi arrondi leurs fins de mois en février, mars, avril.

— *Qu'est-ce que vous faisiez de cet argent ?*

— *Je l'ai caché.*

— *Où ?*

— *Dans une boîte à biscuits sous les lattes du plancher de ma chambre.*

— *Pour en faire quoi ?*

— *J'ai acheté quelques petits cadeaux, du parfum, une bague, que j'ai offerts à Lucile.*

— *Et le reste, pour vous ? Pour acheter des souliers vernis noir et blanc ?*

— *Non, pas pour moi. Cet argent aurait été louche.*

— *Vous le gardiez sous votre lit ?*

— *Pour plus tard, après la guerre, si je m'installais mécanicien à mon compte…*

— *La jeune Lucile était informée de l'existence de la boîte à biscuits ?*

— *Non, elle connaissait les cadeaux que je lui offrais, c'est tout.*

— *Vous faisiez ça pour gagner votre vie ?*

— *Oui.*

— *Au prix de celle des autres !*

Au mois de mai, encouragé par ses succès, Roger a décidé de se lancer dans une opération solitaire de plus grande envergure. Sans doute par appât du gain, pour ne pas en partager les bénéfices. Peut-être parce qu'il redoutait aussi les débordements de son complice, qui se vantait de sa belle vie et de ses succès féminins. Notre ami avait pris conscience de ses capacités et, pour entreprendre ce qu'il projetait, il valait mieux qu'il soit tout seul.

C'est probablement l'action la plus audacieuse et la plus retentissante de sa sinistre carrière. Il n'en a parlé à personne, même pas au chef Hambrecht. Il a tout organisé en secret dans son coin, il l'a avoué. Il est allé se jeter dans la gueule du loup avec son vélo, sa bonne mine, son sourire et son béret.

Il avait surpris des conversations à l'hôtel de France, où il s'arrêtait prendre le café pendant ses tournées de taxi après y avoir accompagné ses clients. Les gens chuchotaient au sujet des maquis de Saint-Cirq et du Bugue. À Paris, après un accueil enthousiaste sur la place de l'Hôtel-de-Ville, le Maréchal venait de prononcer un réquisitoire contre les maquisards et leurs « crimes odieux qui n'épargnent ni les femmes ni les enfants, désolent les campagnes, des villes et même des provinces paisibles et laborieuses… ».

Roger est parti à vélo, en culotte de golf, sans rien, même sans revolver, le mercredi 24 mai. Il a dit à Lucile que le mari de sa sœur s'était blessé à la main, qu'il allait pétrir à sa place et lui rapporterait des cornuelles. Il a été absent plus d'une semaine. Il est parti pédaler au pied de la falaise de Saint-Cirq et, quand il a roulé sur le chemin blanc au milieu des prés et des grands bois, il a eu ce qu'il voulait. Deux gars sont sortis de derrière les chênes verts et les genévriers avec leurs fusils, et ils lui ont demandé ce qu'il cherchait.

Il a lâché le guidon, levé les mains.

— Je veux me battre avec vous.

Ils lui ont commandé de descendre de vélo, l'ont examiné, ont palpé ses poches, sa veste, sa chemise, lui ont pris son couteau.

— D'où tu viens ?

— De Sarlat.

— On a des gars de Sarlat avec nous.

— Je ne suis pas de Sarlat. J'étais mécano à Angoulême. J'ai fait des conneries. Je l'ai échappé de justesse.

Ils l'ont regardé, méfiants encore.

— Et tu arrives chez nous ?

Il n'a pas répondu. L'un des deux lui a dit :

— Viens.

Ils ont continué à pied ensemble sur le chemin. Le même, un petit gros, bavard, lui a demandé quelles conneries il avait faites.

— Contre les Allemands, a répondu Roger. Le chef de la Gestapo d'Angoulême s'appelle Knuchel. Il fallait que je déménage.

Au bout du chemin, il y avait une ferme au milieu des bois. La cour était ordinaire, avec une charrette sur sa servante à côté du portail ouvert de la grange. Le paysan, qui est sorti quand ils sont passés, a levé son béret. Le campement des maquisards était un peu après, sous les arbres, des tentes, des cabanes de planches et de branches, des feux, des marmites suspendues à des potences, des vêtements sur une corde à linge. Ils ont conduit Roger jusqu'à la cabane du milieu. Les hommes étaient nombreux, au moins vingt ou trente, qui l'ont regardé pousser son vélo.

Le petit gros a appelé devant la porte ouverte.

— Chef, on a un invité !

Le chef est sorti, grand, en chemise et pantalon kaki, le buste incliné sous le linteau, un soldat, maigre, sec, la moustache brune, le béret incliné sur le côté à la manière militaire. Le gros a répété ce que Roger avait dit. Le chef leur a dit de regagner leur poste sur le chemin. Il a montré à Roger la poutre sur des billots devant la cabane et ils se sont assis sur ce banc. Il a sorti son paquet de cigarettes de sa poche de chemise et en a tendu une à Roger. Ils ont commencé à fumer sans rien dire.

Les arbres étaient de grands et vieux chênes verts à l'écorce noire. Le chef soufflait la fumée entre ses jambes.

— Quelles sortes de conneries ?

Roger a répondu qu'il avait frappé un Allemand à la gorge avec un couteau dans un café d'Angoulême, il ne savait pas s'il l'avait tué.

Le chef l'a regardé.

— Comment s'appelle le garage où tu travaillais ?

— Chez Barouilhet.

Il a appelé :

— Fernand !

Un jeune frisé rougeaud s'est approché, la chemise sur le pantalon.

— Habille-toi correctement, bordel !

Le frisé Fernand a glissé à peu près sa chemise dans sa ceinture.

— Tu vas prendre Roger avec toi.

Le gars a réagi :

— On est déjà quatre dans la tente !

— Vous serez cinq. Vous avez de la place. Tu t'occupes de lui. Il est aux arrêts pour l'instant, le temps qu'on se renseigne. Tu lui donnes ce qu'il faut. Il doit avoir faim. Il n'a pas le droit de quitter le cantonnement, c'est d'accord ? Arrête de grogner !

— Où sont tes affaires ? a demandé le gars à Roger.

— Je n'en ai pas. J'ai mon vélo.

— Suis-moi.

Roger a pris son vélo. Le maquisard marchait devant lui. Il lui a dit que le chef s'appelait Josi.

Lui, Fernand, était des Eyzies, ses camarades de tente, Louis et Robert, de Sarlat, Manuel avait un fort accent espagnol. Roger a passé sept jours en leur compagnie. Il n'était pas vraiment prisonnier. Il y avait toujours un gars avec lui, pas loin. Louis et Robert avaient pris le maquis pour échapper au STO. Fernand était communiste.

« Gros con de communiste », lui disaient les autres.

Mais il ne se fâchait pas.

Roger n'a pas été malheureux avec eux. Il s'est vite rendu compte qu'ils préparaient quelque chose. Ils ne lui disaient pas quoi. Ils discutaient entre eux. Il y avait de la tension dans le camp, des réunions dans la cabane du chef. Ils montaient et démontaient les fusils. Ils avaient des armes, des fusils-mitrailleurs, des mitraillettes, des mousquetons, des pistolets, des grenades. Roger a fait ce qu'il a pu, il a participé aux corvées, il allait chercher les repas, ils lui avaient donné un quart, une gamelle et des couverts. Il les a regardés jouer au bridge, c'est là qu'il a commencé à apprendre. Ils buvaient de la bibine, un mélange d'eau-de-vie et d'eau.

Le chef s'absentait. Roger entendait des moteurs de voiture dans la cour de la ferme. Les gars disaient aussi « le capitaine », et qu'il avait une secrétaire, à

Brive ou à Périgueux. Le sixième jour, un mardi, il ne savait plus très bien quel jour on était, ils lui ont apporté une culotte kaki et lui ont demandé de la mettre à la place de sa culotte de golf. Ils ont joué aux cartes l'après-midi et quelqu'un a dit :

— Ce soir, on ne se couche pas.

Ils ont attendu la nuit noire, sans lune. Il faisait bon. Des tourterelles des bois nichaient dans les chênes verts. Elles roucoulaient le matin avant la première clarté et le soir tard. Ils en avaient tué et rôti quelques-unes, mais le chef l'avait interdit : « Laissez-les chanter, qu'est-ce que ces petites bêtes vous ont fait de mal ? »

Lorsqu'ils ont entendu les moteurs, ils sont sortis. Fernand avait déjà parlé à Roger : « Tu viens avec nous ! — Où on va ? — Tu verras. »

Dans la ferme les paysans ne dormaient pas. Deux camions bâchés, deux camionnettes et deux Traction Citroën attendaient dans la cour. La répartition dans les véhicules avait déjà été décidée. Fernand, encombré par sa mitraillette, a demandé à Roger de l'aider à monter le sac de grenades dans le camion.

Et lorsqu'ils ont roulé :

— On ne va pas tous au même endroit. On se partage en deux. On fait sauter les deux usines hydroélectriques en même temps.

Manuel a ajouté avec son accent :

— Opération de destruction patriotique.

Lorsqu'ils ont longé les eaux du barrage, les véhicules ont coupé leurs moteurs et sont descendus en roue libre. Les portières et les hayons ont été ouverts sans bruit.

— Vous ne vous masquez pas ? a demandé Roger.

— Non, pourquoi ?

Lui, il n'avait pas d'armes.

— Tu n'en as pas besoin, a dit Fernand. Reste avec moi. S'il le faut je t'en donnerai. Le chef n'a pas eu le temps de s'occuper de toi.

Ils n'étaient pas tout seuls. D'autres maquisards venus d'ailleurs étaient là aussi, nombreux, en tout peut-être quatre-vingts ou cent. La nuit n'était pas si noire. Le ciel était clouté d'étoiles.

Tout a fonctionné comme prévu. Ils n'ont pas tiré un coup de feu. Ils dépassaient des groupes de surveillance et de protection échelonnés sur la Nationale. Des brèches avaient été pratiquées dans la clôture en treillage. Ils ont désarmé le gendarme en sentinelle à l'entrée de l'usine, l'ont contraint à ouvrir les grilles, c'était leur boulot, et ils l'ont conduit au poste de garde, où ils ont réveillé le gradé et six gendarmes, qu'ils ont menottés aux barreaux du garage. Tout allait très vite. La ligne téléphonique était coupée.

Un camion est entré aussitôt avec les porteurs d'explosifs par les grilles qu'ils avaient ouvertes. La salle des machines avait été forcée. Un commando leur a amené au poste les ouvriers, ils étaient sept, qu'ils ont menottés à leur tour et enfermés dans la cave.

Ils ont entendu l'eau couler.

— C'est le signal, a dit Fernand, ils viennent d'ouvrir les vannes ! Les charges sont posées sur les transformateurs et les turbines. Il faut y aller !

Ils ont couru. Les moteurs des véhicules tournaient. Le chef Josi les attendait sur la route.

— Vous êtes tous là ? Montez ! Montez !

Il les comptait.

— Pas de problème, les gars ?

Il parlait maintenant à voix haute.

— Pas de problème, chef !

Ils sont montés dans le camion, qui a démarré. Ils arrivaient en haut de la côte au-dessus du lac lorsque trois énormes boules de feu se sont élevées sous eux, accompagnées, malgré le bruit du moteur, d'un grondement de tonnerre. La terre tremblait. Manuel, l'Espagnol, s'est signé. Les flammes et les poussières et les fumées se multipliaient dans le miroir noir immobile des eaux du lac. Le chauffeur du camion roulait au ralenti pour profiter du spectacle.

La Traction où était, croyaient-ils, le chef Josi les a dépassés. Ils se sont levés sous la bâche, ils brandissaient le poing et les fusils, ils criaient :

— Hé, Josi !

Ils chantaient. Fernand : *L'Internationale.*

— Gros con de communiste !

Ils applaudissaient.

— Chef Josi !... C'est lui qui a tout organisé !

Roger a applaudi avec eux.

À trente kilomètres de là, quasiment à la même heure, la même opération avait lieu sur un autre barrage, avec la même réussite. Les deux centrales hydroélectriques fournissaient de l'électricité dans les départements de la Dordogne, de la Gironde, du Lot-et-Garonne et d'une partie de la Charente. La poudrerie de Bergerac qui fournissait des poudres et explosifs aux chleuhs ne tournerait pas avant plusieurs semaines.

Quand ils sont arrivés à la ferme, le paysan qui guettait leur retour était debout et il les a invités dans sa cave. Ils ont bu, chanté encore. Le vin de sa vigne n'était pas un grand vin. Il râpait la langue et la gorge, âpre, avec des piquants de silex. Ils tanguaient quand ils ont regagné leurs tentes, Roger tanguait aussi et chantait et riait avec les camarades, mais ils avaient encore soif, ils ont sorti leur bibine.

L'agitation joyeuse dans le camp n'a cessé qu'avec la fatigue, à l'approche du jour.

Alors Roger s'est levé sans réveiller personne, il a pris son vélo et il est parti.

Le lendemain, une compagnie allemande se ruait à l'assaut de la ferme et du camp.

Roger, pour sa défense, a argué qu'il n'était pas avec les soldats.

— *Mais vous avez donné à Hambrecht les informations sur le campement ?*

— *Oui.*

Les lance-flammes ont craché leur feu sur la maison de la ferme, la grange et l'étable avec les animaux dedans. Le paysan et sa famille étaient déjà morts avant, sa femme, les quatre enfants et le grand-père, fusillés contre le mur de la cuisine. Le chef Josi leur avait pourtant recommandé de ne pas garder les enfants avec eux parce que le camp du maquis à proximité les mettait en danger. Seize maquisards ont été abattus dans les combats de l'assaut, Louis et Robert, les camarades sarladais de tente de Roger. Onze ont été faits prisonniers et torturés. Fernand, le gros con communiste, a été déporté à Buchenwald d'où il n'est pas revenu. On ne sait pas ce qu'est devenu l'Espagnol Manuel. Certains ont prétendu qu'il se serait caché dans l'étable, où il aurait brûlé avec le bétail.

Le chef Josi était absent ce jour-là. Mais, trois jours après, le hasard est parfois cruel, Roger Martin l'a aperçu à Périgueux en compagnie d'une femme alors qu'il traversait la place Daumesnil. Il les a suivis, les a vus entrer dans une maison, rue Condé. Il a rejoint discrètement la porte arrière de l'ex-Crédit lyonnais et les nazis ont arrêté Josi et sa secrétaire, Louise Martini. En même temps qu'eux, un chef de compagnie et l'instructeur pour les destructions ont été pris dans la souricière. Le coup porté à la Résistance a été rude. Jean Thomas, son nom de code était Josi, était le chef du département de la Dordogne. Lui seul connaissait les filières de la Résistance dans les départements voisins. Après torture et interrogatoire, il est parti pour Buchenwald, d'où il est miraculeusement revenu.

— *Hambrecht vous a récompensé pour votre service ?*

— *Oui.*

— *Combien ?*

— *Je ne sais plus.*

— *Josi vous a vu au siège de la Gestapo, le jour de son arrestation. Il a pu témoigner contre vous à sa libération. Combien ?*

— *30 000 francs.*

— *Que vous avez cachés dans la boîte sous le plancher ?*

— *Oui.*

Ce jour-là, le 5 juin 1944, la voix de Radio Londres lançait sur les ondes le second vers du poème de Verlaine « Chanson d'automne ».

Quatre jours plus tôt, le 1er juin, elle avait émis le premier vers : « Les sanglots longs des violons de l'automne. » C'était maintenant : « Blessent mon cœur d'une langueur monotone. » Le poète avait écrit « Bercent », à Radio Londres on l'a changé en « Blessent ».

C'était l'annonce de l'opération Overlord, le débarquement des Alliés en Normandie.

13

Le cheval, Pablo, a vieilli, le temps d'une saison. Ses joues ont blanchi. Son échine a pelé sous la selle. J'ai compris qu'il fallait que je cesse de le monter. J'étais trop lourd. D'ailleurs, je n'avais pas le temps.

Il est devenu plus lent, moins affectueux. Il ne s'approchait plus de la barrière pour qu'on le caresse. Il ruminait contre la haie, immobile, comme perdu dans ses pensées. L'âne Pedro ne l'intéressait plus. Auparavant on les trouvait l'un contre l'autre à s'effleurer, se renifler, se frotter la gorge contre la crinière de l'autre dans des allers et retours répétés de tendresse.

Il n'y avait que pour les enfants que Pablo semblait encore se réveiller. Quand Juliette venait avec sa petite Sarah et ses camarades, il remontait la pâture d'un pas lent et donnait de la voix comme si cette jeunesse réchauffait ses membres. Il livrait à leurs mains son chanfrein et la houppe de son menton. Il avait de l'allure encore. Il bougeait les oreilles et relevait la tête avec des bruits de gorge et des petits hennissements joyeux qui faisaient rire les enfants. Mais nous voyions bien qu'il avait baissé.

Il lançait autrefois un jet de pisse chaude sur sa litière quand il était content. Pedro l'imitait. C'était fini.

De longs poils blancs ont poussé en désordre sur ses jarrets, ses naseaux, son flanc, que Roger coupait aux ciseaux, Qu'est-ce que c'est que ça ? D'où ça vient ? Ça ne s'arrange pas, mon pauvre vieux, ça sent le sapin !

Notre ami n'a jamais cessé de s'occuper de lui. Plus le temps passait, même, plus il s'attardait dans le pré. Il venait voir Pablo et Pedro deux ou trois fois par jour, vérifiait le foin dans leur mangeoire, leur clôture, le bon fonctionnement de leur abreuvoir automatique. Il avait roulé un rondin près de l'entrée de leur cabane où il s'asseyait, le dos collé à la paroi de planches, la casquette sur la tête, la figure tendue aux flamboiements du soleil.

— Je prends le soleil. De la vitamine D ! C'est bon pour ce que j'ai.

— Tu rumines ?

— Ruminer, c'est manger sa vie deux fois.

Lorsque Pablo a commencé à tousser, nous avons pensé que le début de bronchite était l'effet de la poussière accumulée dans les bottes de foin trop serré. Roger a pris la peine de les aérer à la fourche avant de charger la mangeoire. Mais la toux a persisté. Pablo a maigri.

— Je crains que sa maladie ne soit difficile à soigner, a dit le vétérinaire. Je veux bien essayer les antibiotiques.

— C'est la vieillerie ! a tranché Roger.

Le vétérinaire l'a regardé. Roger caressait l'échine de Pablo, qui ne bougeait pas et semblait, lui aussi, de cet avis. Il a passé le bras autour de l'encolure du cheval.

— Eh oui ! Il va falloir que nous pensions sérieusement à céder la place, mon pauvre. Un papillon lune vit huit jours. C'est fini de caracoler. Et les amours. On a beau lutter. Un petit tour et puis s'en vont. On ne peut pas aller contre.

Pablo a émis son bruit de gorge. Le vétérinaire rangeait ses médicaments dans les boîtes, il a murmuré :

— Vous n'êtes pas Pablo. Je ne suis pas médecin. Mais vous m'avez l'air en pleine forme !

Pourtant, Anne m'avait alerté :

« Je trouve que Roger baisse aussi. Regarde, il était toujours à courir, maintenant il est posé comme un caillou, assis, là-bas. »

Elle me le montrait contre la cabane.

« Tu devrais le photographier. »

Nous avons cette photo.

« Oblige-le à fermer le col de sa chemise. Le vent n'est pas chaud. On dirait qu'il le fait exprès. »

Je l'ai demandé à Roger. Il m'a répondu qu'il n'avait jamais eu froid. Il a tripoté le bouton de son col et ne l'a pas fermé.

Anne avait raison. On aurait dit qu'il choisissait d'abandonner la partie en même temps que Pablo. Nous le sentions s'éloigner de nous, comme s'il était déjà passé dans un arrière-pays. Ce n'était pas tous les jours. Par moments, il nous revenait, nous l'entendions chanter dans la prairie, sa voix profonde portait comme un tuyau d'orgue.

Il a abandonné le pigeonnier qu'il avait construit au fond de son jardin pendant les premiers mois de son installation à Mesnard. Il voulait une vaste volière, solide, des parpaings, du ciment, du fer forgé, du grillage fin. Il y avait aménagé une demi-douzaine de nids pour ses pensionnaires. Il racontait qu'en

Charente son frère et lui passaient devant une « fuie » de cent boulins, cent nids, quand ils allaient à l'école. Moïse s'y était introduit un soir, et Roger, qui guettait dehors, avait entendu les cris affolés des pigeons à l'intérieur. Son frère en était sorti avec des plumes et des crottes sur la tête et les épaules, et deux pigeonneaux dans son cartable qu'ils ont enfermés dans une cage, à l'Écluse, et essayé de nourrir avec du blé, du pain, du lait. Moïse a même échangé des billes contre un os de seiche avec un copain. Mais les pigeonneaux n'ont pas survécu et Moïse lui a dit :

— Plus tard, on aura une fuie !

Roger ne l'avait pas oublié. À Cambo, il n'en avait pas besoin, les palombes s'invitaient chez eux. Sa fuie de Mesnard lui convenait. Les pigeons attendaient qu'il leur ouvre, le matin. Leurs *rou-ou* lui tenaient compagnie. Ils se posaient sur ses épaules, sa casquette, ses mains, quand il entrait dans la volière. Il leur parlait :

« Mes amis ! Mes chéris ! »

Chacun avait son caractère, disait-il, ses manières, ils avaient des problèmes de couple, des changements de domicile, il tendait le doigt pour qu'ils y accrochent leurs petites pattes.

Il disait que les oiseaux montrent le ciel. Il s'excusait quand il nous apportait des pigeonneaux qu'il venait de tuer, il ne pouvait pas tous les garder, il les avait plumés, enveloppés dans du papier.

« Recevez le Saint-Esprit… »

Il ajoutait plus bas, avec un demi-sourire :

« … avec des petits pois ! »

Il fermait la volière en automne parce qu'il craignait que, croisant un vol de migrateurs, ses pigeons ne se décident à les suivre.

« J'ai des frissons de bleuite en cette saison, disait-il. Alors les pigeons !… »

Il lisait des livres et des revues de colombophilie et il était incollable sur le sujet. Le *Guide Peterson des oiseaux* trônait sur la tablette de sa cuisine à côté de la photo de Maïalen. Il apportait chez nous, comme un trésor, les fientes de son pigeonnier, qu'on appelle la colombine, qu'il répandait dans nos pots de citronniers. Au temps des rois, affirmait-il, cet engrais était inscrit dans les dots de mariage !

Nos citronniers anémiés, jaunissants, perdaient leurs feuilles, la colombine leur a redonné une belle couleur et nous avons commencé à manger leurs citrons.

Les pigeons, assurait-il avec raison, étaient insensibles aux virus de la grippe aviaire, mais son pigeonnier n'a pas été épargné par la salmonellose. Il a perdu un pigeon, deux pigeons. Il a désinfecté leur volière, il vérifiait sans cesse la qualité de leur eau. Il a cru se défaire du virus. Et, un matin, sa plus jolie pigeonne est sortie du nid, la plume ébouriffée, fiévreuse, elle ne s'est pas envolée, elle est restée sur la planche, immobile, sur une patte, la paupière rouge et enflammée. Il n'a pas écouté le vétérinaire, qui lui conseillait de se débarrasser de tous ses oiseaux et de repartir de zéro. Il a lutté, soigné. La maladie a rendu stérile son dernier couple.

Et, alors que les enfants envisageaient de lui en offrir deux autres pour sa fête, il a refusé.

— C'est fini. Ne m'en apportez pas. Je garde ceux-là. Mais je ne veux plus de bêtes à chagrin.

— Quel chagrin, Roger ? a ri Joséphine. Pourquoi ? Sans les pigeons, ta maison ne sera plus vraiment ta maison. Tu vas t'ennuyer, tout seul.

— C'est fini, je vous dis.

C'était au temps où Pablo maigrissait. Roger est entré chez nous, un matin de janvier, après avoir garni les râteliers dans la prairie. Il faisait froid. Anne lui a servi le café. Il ne s'est pas assis. Il a murmuré :

— Il coule comme l'eau d'une bouteille renversée...

J'ai cru d'abord qu'il parlait du café. Il a pris la soucoupe et la tasse, debout, et il a dit avant de boire :

— Pablo...

Nous nous sommes regardés. Il a pris une gorgée. J'ai demandé :

— Qu'est-ce que tu veux y faire ? Qu'est-ce que tu me conseilles ?

— Ce serait cruel de le laisser souffrir davantage.

— Tu veux que…

— Ça me semblerait raisonnable.

— Ça ne peut pas attendre… encore un peu ? a demandé Anne.

Il a soupiré.

— De toute façon, on connaît l'issue. Mais ne comptez pas sur moi le jour où viendra le camion.

J'ai hoché la tête.

— Moi non plus, a dit Anne.

Et, dans le silence :

— Qu'est-ce qu'ils en font ?

— Je ne sais pas. Je ne veux pas le savoir.

— Il ne faudra pas le dire aux enfants.

J'ai hoché encore. Il a vidé d'un trait sa tasse, qu'il a reposée sur la table. Je pensais à la bouteille qui se vide. J'ai réalisé qu'en même temps que Pablo le flot de la vie emportait nos bonheurs de Cambo, Maïalen montée sur Pablo, lourde, mais Pablo ne semblait pas s'en offusquer, nos chasses, nos tablées, nos rires, face à la montagne, et les chevaux dans leur clos qui paissaient devant. Nous avons mis nos caoutchoucs, nos bottes, et nous avons suivi Roger dans la prairie.

Pablo était raide, debout devant son râtelier, la tête dans l'obscurité, le mufle dans le foin, il ne mangeait pas, ne ruminait pas, il n'a pas réagi à notre présence. Nous l'avons écouté respirer. Il respirait fort. Ma main et celle de Roger se sont croisées sur son dos.

— Il ne faudrait pas s'attacher, a soupiré Roger.

— Mais si on ne s'attache pas, a réagi Anne, à quoi bon ? Tout le monde s'attache. Les bêtes s'attachent, les chiens s'attachent, les chats, les loups, les éléphants s'attachent. Nous nous sommes attachés à toi. On naît attaché.

— C'est vrai, c'est compliqué, mais à chaque fois, c'est la signature d'un bail de souffrance.

— Tu crois qu'il vaut mieux rester tout seul ?

J'ai dit :

— D'accord. Je vais appeler.

Nous sommes remontés vers la maison. Le ciel était bouché. La bruine était glacée, piquante comme du grésil. Le vent fouettait quelques gouttes en rafales. C'était le temps qu'il fallait.

Roger n'est plus venu d'aussi bonne heure, le matin, lorsque Pablo a été parti. Et puis Pedro n'avait pas besoin d'autant de soins, charger son râtelier pour plusieurs jours suffisait. Son braiment s'est élevé plus souvent, plus fort, au début. À moins que nous ne le remarquions davantage.

Anne a soupçonné qu'il appelait son compagnon perdu. Notre voisin a bien voulu nous vendre un chevreau qui a, peu à peu, calmé les lamentations de Pedro.

Mais Roger a continué de prendre le soleil sur le rondin de la cabane, pendant l'hiver 2009-2010. Les gelées ont été trop rares, à peine deux ou trois matins. Les vents étaient tournés sud-sud-ouest. Le temps changeait. Les paysans se désolaient, il faudrait traiter davantage.

La vue est belle, de la cabane, que nous appelons toujours la cabane de Pablo. Quand le vent est au sud, les rumeurs du village montent jusqu'à nous. Par temps calme on entend sonner les clochers de Vendrennes, Saint-Paul, Les Herbiers. J'ai demandé à Roger :

— Quel poids fais-tu, maintenant ?

— Je ne me pèse pas. Maïalen refusait de monter sur la bascule du médecin. « Vous voulez que je me trouve trop grosse ? Est-ce que vous me trouvez trop grosse ? Vous voulez me réduire à un problème d'arithmétique, docteur ! »

Roger a regardé derrière lui, comme s'il cherchait la présence de sa femme.

— Elle avait raison. Pourquoi veux-tu que je me pèse à mon âge ? Pour qui ?

— Pour toi.

Il a haussé les épaules.

— Ça va.

Et il m'a parlé de son père qui les envoyait « râper » dans les vignes où ils grappillaient les raisins oubliés après les vendanges, leur père les écrasait, y ajoutait un peu d'eau et faisait de la piquette.

Anne, pourtant, ne se trompait pas, il n'allait pas aussi bien qu'il voulait le faire croire. Elle l'a accompagné dans un magasin de prêt-à-porter de Cholet et conseillé pour acheter la veste en tweed qui a été sa dernière veste. Le soin qu'elle portait à la toilette de Roger avait quelque chose d'à la fois maternel et filial. Elle lui a procuré un petit mouchoir rouge de Cholet qu'elle lui a recommandé de glisser par coquetterie dans la pochette de la veste.

— Tu n'as pas cette attention pour moi, lui ai-je reproché, jaloux.

Elle m'a répondu :

— Menteur ! Tu n'en as pas besoin !

Sauf nous (sauf elle), les gens trouvaient qu'il ne changeait pas. Il continuait de plaisanter et de tchéquer avec les jeunes aux terrasses. Il n'avait pas abandonné sa mobylette et son casque de Dark Vador pour rejoindre ses amis routiers. Il restait un pilier du club de bridge, où sa mémoire ne montrait pas de défaillance. Il a dissimulé sa fatigue aussi longtemps qu'il a pu.

Mais un dimanche après-midi, après le déjeuner chez nous, en revenant des « cabinets », il disait encore qu'il allait aux « cabinets » quand il parlait des toilettes, il s'est affalé sur le banc, essoufflé, livide.

— J'ai mal au ventre.

Il grimaçait et s'efforçait de sourire en même temps, la main pressée sur le ventre.

— Où as-tu mal exactement ?

— Au bide. Là, devant, ça me lance derrière un peu aussi.

— Ce n'est pas ce qu'on a mangé… Ça t'est déjà arrivé ?

— Oui, de temps en temps.

— Depuis longtemps ?

— Assez.

— Tu en as parlé au médecin ?

— Non.

Il avait très mal. La sueur perlée sur son front et ses tempes débordait comme des larmes sur ses joues.

— On va appeler le médecin.

— Non ! Ça va passer.

Ça a passé. Il a lentement repris son souffle.

Mais, le lendemain, Anne l'a accompagné chez le médecin, qui ne l'a pas autorisé à repartir chez lui et a appelé tout de suite un confrère à l'hôpital.

14

Nous avons mis trois jours à dépouiller le dossier Roger Martin. La plupart des documents et des interrogatoires étaient manuscrits et, parfois, difficiles à déchiffrer. D'autres avaient été tapés à la machine sur la pelure ou le papier de mauvaise qualité d'après-guerre troué par la frappe. Nous avons obtenu des photocopies, mais c'était plus fort que nous, nous brûlions de tout lire, mot à mot, sur place, jusqu'au bout, une première fois.

Nous rentrions à Mesnard, le soir, deux heures et demie de route, plutôt que de dormir à l'hôtel, pour respirer, sans échanger un mot pendant plus de la moitié du voyage comme si nous n'avions rien à nous dire, sous le choc de deux plaques tectoniques, celle de nos bonnes années avec notre ami et celle des crimes de l'agent Martin.

Anne pleurait dans la voiture. Son attachement à Roger était plus fort encore que le mien, je m'en apercevais, et je m'en voulais. Elle a été orpheline de père et de mère à un an, après leur accident sur la route de La Chapelle. Son oncle et sa tante l'ont élevée à la campagne, et les marques d'affection de ces braves gens ont été rares pendant son enfance.

— Je suis sotte, sanglotait-elle en pétrissant son mouchoir, je l'ai trop aimé, comme les enfants, il le savait… Je ne sais pas trop sur qui je pleure… Sur les horreurs qu'il a commises et les malheureux qu'il a tués, sur lui avec nous, sur nous…

J'ai lâché le volant pour presser sa main mouillée. Elle m'avait dit, heureuse, en rentrant un soir d'un festin de cassoulet chez notre ami : « Je n'ai pas eu de grands-parents à offrir aux filles, nous leur aurons au moins donné Roger. »

Elle s'est penchée et blottie contre mon épaule et elle est restée comme ça, longtemps, tandis que nous rentrions de Bordeaux.

— Je l'ai soupçonné deux ou trois fois de quelque chose, a-t-elle murmuré, je ne savais pas quoi, je ne sais plus quand, peut-être quand nous étions trop bien avec lui, c'était trop beau, mais je n'en ai pas tenu compte, j'ai chassé l'idée, ça nous arrangeait, ça m'arrangeait. Mais je ne pouvais pas imaginer de telles monstruosités.

Pendant la seconde nuit suivant notre retour des archives, ses cris dans son sommeil m'ont réveillé. Mon premier réflexe a été d'élever la voix et de l'apaiser. C'était un flot de mots confus, mêlés de gémissements qui montaient brusquement en puissance. Je l'ai entendue appeler « Papa ! ». J'ai pensé au choc de ce que nous avions lu dans la journée et j'ai hésité une seconde. J'ai compris que nos découvertes avaient ravivé ses blessures et la renvoyaient à ses morts, parce qu'ils étaient toujours là. Laisser s'échapper dans la nuit sa douleur était peut-être meilleur que n'importe quel remède de psychologue ou de grand-mère. Elle a appelé de nouveau son père et je l'ai prise dans mes bras. Je lui ai dit :

— Anne ! Anne ! Ma chérie, dors. Je suis là. Calme-toi.

Elle ne s'est pas réveillée. Elle s'est redressée brusquement, s'est retournée contre ma poitrine, et peu à peu ses plaintes et ses cris se sont changés en un simple bredouillis enfantin.

Bordeaux a été accablé d'une chaleur tropicale pendant ces jours des archives. Nous ne nous en apercevions pas quand nous étions à l'intérieur avec la climatisation, mais lorsque nous sortions, le soir sur le parking, la chaleur était si vive, le ciel d'un bleu brûlant, nous marchions dans la fournaise, hébétés déjà par le fardeau dont nous nous étions chargés dans la salle de lecture, et le feu du soleil achevait de nous écraser.

Je m'empressais d'ouvrir les vitres et d'allumer le moteur. Anne soupirait, déjà rouge et en sueur :

— Et maintenant il va falloir raconter ça aux filles !

Nous n'avions pas envie de parler. Nous avons passé ces trois jours en apnée aux archives de Bordeaux. Les filles guettaient notre arrivée à la maison et nous harcelaient de questions à notre descente de voiture. Elles nous réclamaient les photocopies, qu'elles lisaient à voix haute. Et Juliette, Joséphine aussi :

— C'est incroyable ! Quel culot ! Quel menteur ! Quelle honte !

Les yeux d'Anne s'emplissaient à nouveau de larmes. Sa bouche se tordait, je croyais qu'elle allait dire « Arrêtez, les filles ! », et c'était :

— Elles ont raison !

La situation de Roger Martin a évolué après la réussite de l'opération de Saint-Cirq. Hambrecht a peut-être exigé un engagement plus entier. Se cacher devenait compliqué. Le destin de la guerre changeait en France. Les Américains avaient débarqué en Normandie. Deux témoignages concordants dans le dossier confirment la présence de Martin au siège de la Gestapo de Périgueux. L'orgueil de son succès l'a sans doute rendu moins prudent. Le magot s'était arrondi dans la boîte à biscuits.

Pourtant il a poursuivi son activité de vélo-taxi et n'a pas changé d'adresse. Rue du Regard, il y avait Lucile.

A-t-elle deviné la double vie de son amoureux ? Rien n'est moins sûr. Elle a pu être comme nous. Il a bien réussi à nous dissimuler jusqu'au bout son passé et fait en sorte d'esquiver toutes les questions que nous aurions dû nous poser sur sa guerre.

Nous avons essayé de retrouver Lucile, qui n'est plus de ce monde. Nous sommes descendus, quelques semaines après Bordeaux, arpenter à Périgueux la rue du Regard, qui existe toujours et que nous n'avons pas découverte sans émotion. La vieille ville s'était refait une beauté au début des années 2000, ses colombages ont été restaurés, ses rues pavées. Des boutiques de cadeaux, carteries, bijoux, artisans d'art se sont ouvertes. Quelques-unes ont résisté. Beaucoup de magasins sont aujourd'hui fermés, leurs vitrines poussiéreuses.

Nous avons interrogé la vieille dame à boucles d'oreilles et collier d'or qui sortait du numéro 15, le numéro de l'ex-pension Richoux, avec sa canne et son chien. Ses parents habitaient autrefois la rue Blanche, parallèle à la rue du Regard. Elle avait bien connu la veuve Richoux, qui était une personnalité du quartier. La voix de commandante de la veuve lui criait dans les oreilles quand elle était petite fille et ses parents la menaçaient, lorsqu'elle faisait un caprice : « Arrête de pleurer, ou on te met en pension chez la mère Richoux ! »

Elle avait bien connu ses filles, la cadette surtout, qui avait son âge. Les deux sœurs n'ont pas eu de chance. Une hémorragie cérébrale a emporté l'aînée à cinquante-cinq ans. Lucile est décédée à trente ans, fauchée par un car sur la route de Brive, à la sortie de Périgueux.

La vieille dame savait-elle ce qui lui était arrivé, à la Libération ? Il s'était passé, alors, tellement de violences odieuses ! Les règlements de comptes ont été terribles en Dordogne. Les gens avaient peur de sortir et de traverser la rue à Périgueux.

Elle s'est souvenue de Lucile, un jour, dans le taxi de ce jeune homme, le collabo, enfin à l'époque personne n'était informé. Lucile était assise sur le siège de la remorque derrière le vélo. Lui portait le costume pied-de-poule, la chemise blanche et la cravate. Elle, un bibi sur la tête, croisait ses hauts talons à semelles de bois et ses socquettes, blanches aussi, sur les repose-pieds. Ils riaient, ils étaient beaux, on est toujours beau quand on est jeune, le malheur c'est que souvent on ne le sait pas, les prunelles de Lucile, dans ce taxi, c'était du feu, elle était amoureuse, ça crevait les yeux. Elle les a enviés…

Elle s'est tue, brusquement, comme si elle se reprochait d'avoir trop parlé. Elle n'a plus voulu ou pas pu nous en dire davantage. Elle ne connaissait personne susceptible de nous renseigner encore. Son mari, s'il avait vécu, aurait sans doute eu des choses à nous raconter, il avait meilleure mémoire qu'elle. Il ne restait plus grand monde de cette époque-là, peut-être quelques vieux dans les Ehpad. Ces histoires du passé bientôt n'intéresseraient plus personne. Nous l'avons remerciée. Elle a continué prudemment sa promenade sur les pavés, encore droite, les cheveux soignés à reflets bleus. Son chien tirait sur sa laisse, un caniche blanc avec un foulard rouge au collier, qu'elle appelait Pipo.

Nous n'avons pas fait la tournée des Ehpad. Roger a-t-il aimé Lucile ? Aimer vraiment, ce qu'on appelle aimer, quand il sortait de livrer ses victimes aux camions des barbares ? Avait-il un cerveau étanche avec la case amour coincée entre les cases mensonge, calcul, trahison ? A-t-il fonctionné ainsi avec nous ? Il a répété au juge qu'il aimait Lucile et qu'elle n'était coupable de rien. Sa grande sœur, Marcelle, a évoqué d'autres femmes. Nous n'avons connu que le couple Roger et Maïalen.

Plus nous dépouillions le dossier Martin, plus son personnage devenait flou.

Le soir du 29 juin où il a surpris les frères David et Samuel Jacob, il rentrait d'une course à l'hôtel de France avec son vélo-taxi. L'heure du couvre-feu était passée, mais le sauf-conduit de Hambrecht lui permettait de circuler encore.

Les Américains avaient pris Cherbourg. Les Britanniques s'approchaient de Caen. Il ne faisait pas bon traîner dans Périgueux entre chien et loup. Les Allemands et les miliciens avaient la gâchette facile. Les frères Jacob s'acharnaient avec des barres de fer à détruire la vitrine du PPF et du journal doriotiste *L'Émancipation nationale*, au croisement de la rue Taillefer et de la rue Aubergerie. Roger a sorti son revolver et vidé son barillet sur le jeune David, seize ans, qui s'est effondré sur le trottoir parmi les débris de la vitrine. Son frère Samuel, vingt ans, n'a pas été touché. La patrouille allemande, alertée par les coups de feu, a surgi au pas de course et chargé David, blessé à l'aine, dans le fourgon de l'ambulance. La proximité de la balle avec l'artère fémorale a empêché son extraction. Après quelques jours à l'hôpital de Périgueux, David Jacob a été transféré à la prison de Limoges et on ne l'a plus jamais revu.

Les deux frères étaient des enfants de réfugiés juifs alsaciens. Leur père travaillait comme ouvrier maçon chez un artisan de Reilhac. Samuel était typographe à Périgueux, rue Barbecane. Il a pu prévenir ses parents, qui se sont sauvés avant l'arrivée des Allemands. Il a défilé avec le 3e bataillon de l'Armée secrète, à la Libération, et combattu jusqu'à la destruction des « poches de l'Atlantique », en avril 1945. Il est revenu à Périgueux après, où le juge l'a interrogé sur l'affaire de la rue Taillefer.

Il a déclaré *l'air trop épais, ce soir-là,* il n'était pas capable de reconnaître l'auteur des tirs, mais il a affirmé que le tireur, coiffé d'un béret, avait fait feu sur eux, *sans descendre de son vélo auquel était attelée une remorque de vélo-taxi*, alors qu'ils s'apprêtaient à partir. L'individu pouvait être celui de la photographie. Il était d'accord pour qu'on le lui présente en personne.

La confrontation n'a pas eu lieu. Roger a admis avoir sorti son revolver à hauteur des piliers de la BNCI. Il a même reconnu qu'il n'était pas très fier de sa maladresse. Non pas qu'il regrettait de ne pas avoir blessé ou tué Samuel Jacob, qu'il ne connaissait pas et qui ne lui avait rien fait. Il n'avait pas de sympathie particulière pour les doriotistes et il s'amusait plutôt de voir leurs croisées et leurs vitres brisées. Mais il dormait mal depuis plusieurs nuits, dans cette fin juin début juillet. Le temps était en harmonie avec l'électricité de l'air dans la ville. De violents orages l'avaient réveillé plusieurs fois et il croyait entendre les résistants monter l'escalier pour se venger. L'étau se resserrait. Il n'était pas idiot. Depuis le début du mois de juin, Périgueux était dans une situation quasi insurrectionnelle. Il avait demandé à Lucile de rester dormir avec lui dans son lit, mais elle refusait.

— *Alors pourquoi continuiez-vous ? Pourquoi avez-vous tiré ?*

(Pas de réponse.)

— *Vous êtes resté pour l'argent ? Vous n'étiez pas encore officiellement repéré. Vous aviez peut-être encore la possibilité de disparaître, vous sauver…*

(Pas de réponse.)

— *Pour Lucile ?*

— Je lui ai proposé de partir vers les Pyrénées. En vélo, c'était possible. Les gens allaient se massacrer à Périgueux, c'était sûr. J'avais l'argent. Nous nous serions débrouillés dans la montagne ou en Espagne. Elle a pleuré. Elle était comme ma mère. Elle était de Périgueux. Elle ne voulait pas quitter la ville. Je n'ai pas voulu qu'elle soit perdue et malade comme ma mère.

— Vous auriez pu partir sans elle, vous l'avez fait après.

— Oui, mais alors, j'étais obligé.

Le 15 juillet, la Gestapo a arrêté Basile, le cheminot-grutier, à l'atelier ferroviaire du quartier du Toulon. Le grand gars a essayé de se sauver. Mais les nazis avaient cerné les bâtiments. Ils l'ont frappé à coups de crosses et traîné jusqu'à leur camion. Basile n'était pas communiste, mais il ne cachait plus sa sympathie pour la Résistance. Il avait dit à la pension que si les chleuhs venaient le chercher il saurait qui l'avait dénoncé. Les cheminots l'ont entendu crier le nom de Martin, pendant que les soldats l'emmenaient.

Lorsqu'il est rentré rue du Regard ce soir-là, Roger n'a pas pu ne pas comprendre, avant de passer la marche de l'entrée, qu'il se passait quelque chose. Est-ce qu'il savait déjà ? Il avait l'habitude, quand il arrivait et qu'il avait chaud, de passer dans la cuisine et de se remplir un verre d'eau. Il y ajoutait un peu de poudre de coco dont il promenait la petite boîte de métal ronde dans sa poche. Il a pris son temps, brassé le coco à la cuiller, et s'est approché de la salle à manger, le verre à la main. Les gars et les femmes l'attendaient. Il a demandé :

— Qu'est-ce qu'il y a ?

La poussière blanchissait ses souliers.

— Assieds-toi, lui a commandé la mère Richoux.

Il a tiré la chaise à côté de Lucile.

— On dirait un tribunal.

Il s'est forcé à rire. Personne ne riait. Il a insisté :

— Qu'est-ce qu'il y a ?

— Basile a été arrêté, a dit la mère Richoux.

— Ah…

— Au dépôt, cet après-midi, a précisé René, le copain de Basile, la voix tremblante.

— Ah…

— Et tu sais qui il a accusé, pendant que ces salauds l'emmenaient ?

Il criait maintenant. Il l'a montré du doigt.

— Toi !

Roger a rougi. Les gars ont témoigné, ils étaient trois. Il a posé son verre sur la table et murmuré, sans voix :

— Et vous le croyez ?

— D'où viens-tu ?

— Quel rapport avec Basile ?

— Tu étais avec ces salauds ?

Il a secoué la tête, s'est levé.

— Ça n'est pas moi ! Ça n'est pas moi, je vous le jure ! Cassez-moi la gueule si vous voulez…

Il a dit que Basile l'accusait sans preuve de rien depuis longtemps. Il a pris à témoin l'un des autres, Hubert :

— Tu lui as même demandé, un matin, d'arrêter de m'emmerder !

Il a dit que s'il avait dénoncé Basile, il aurait dénoncé quoi ? Qu'il n'aimait pas les boches ? Alors il fallait arrêter tout le monde à Périgueux ! Il était fâché avec Basile, c'était vrai, mais il n'y était pour rien. Il ne savait pas ce qu'il trafiquait à la gare, s'il trafiquait. Les chleuhs étaient venus le prendre là-bas. Pourquoi ? Pourquoi ils n'étaient pas venus le chercher à la pension, si c'était lui qui l'avait donné ?

— Tu les as envoyés là-bas pour faire croire que ça ne venait pas de toi !

— Je ne l'ai pas fait. Je n'ai pas fait ça ! Je vous jure.

Il s'est tourné vers les femmes. Il transpirait. Il a regardé la mère Richoux dans les yeux. Ils savaient qu'elle le protégeait. Elle laissait sa fille monter dans la chambre de Roger. Les gars disaient qu'elle l'encourageait. Il l'a suppliée des yeux. Elle croisait les bras, elle a dit calmement, de sa voix rauque :

— Je ne sais pas. Mais tu comprends que tu ne peux pas rester avec nous. Va prendre tes affaires dans ta chambre. Va-t'en !

Il est devenu tout blanc. Lucile pleurait. Il est resté quelques secondes en face d'eux, les bras croisés aussi.

— Vous pouvez me casser la gueule, maintenant, si vous voulez !

Il ne provoquait pas, la figure crispée, une grimace lourde sur les lèvres. Il a répété dans un souffle :

— C'est pas moi…

Ils n'ont pas bougé. Il a regardé la cuiller dans le verre plein d'eau brune de coco sur la table. Il est sorti de la salle à manger et ils l'ont entendu monter l'escalier.

Est-ce que, cette fois, il a dit vrai ? Est-ce qu'il ne les a pas roulés dans la farine, comme il l'a fait avec tant d'autres ? Quand Basile est revenu vivant des camps de la mort, il a encore accusé, sans être sûr,

Roger, qui s'est défendu devant le juge : non, pas Basile, pas lui, jamais, les autres autant qu'on voulait, il n'avait jamais parlé de Basile à la Gestapo.

Pourquoi pas Basile ? Il avait des raisons de vouloir se débarrasser de son ancien camarade. Parce que Basile était à la pension. Le donner, c'était se trahir, attirer l'attention, peut-être perdre Lucile, ce qui est arrivé. Avec Basile et les cheminots rue du Regard, il ne pouvait rien lui arriver. Il était à l'abri, insoupçonnable.

Mais est-ce que, malgré tout, il ne l'a pas fait ? On ne saura jamais. Basile servait parfois de facteur à ses amis communistes, il leur donnait des coups de main. Il a pu être surpris avec eux, ou trahi. Il avait son franc-parler, qui ne lui faisait pas que des amis. Il avait eu une histoire avec une femme.

Roger s'est installé dans une chambre rue de l'Éguillerie, à la pension La Source, où il entreposait le produit de ses crapuleries. À partir de ce moment-là, il cesse son activité de vélo-taxi. On ne le voit pas beaucoup avec ses faux amis de la Milice, ce n'est pas dans sa nature. Il continue d'agir en solitaire. Il revient deux ou trois fois rue du Regard, les gars l'ont dit. Il revient pour la fille. Il y croit encore. Lucile est malheureuse. Elle pleure quand il part.

Il ne va pas rester beaucoup plus d'un mois, rue de l'Éguillerie. La situation s'aggrave tous les jours à Périgueux. Le rapport des forces s'est inversé. Il participe à des perquisitions qui ressemblent plutôt à des actes de désespoir, mais n'en sont pas moins féroces.

Henriette Verrière, coiffeuse à Chancelade, a témoigné qu'elle était là lorsque les Allemands ont arrêté les époux Fink, le 14 août, puisqu'elle était leur voisine. Dans une rage de destruction, les soldats ont brisé les volets et les fenêtres du rez-de-chaussée de la maison. Ils ont volé des objets et chargé dans leur camion les deux moutons qui broutaient dans le clos des Fink. Quand on lui a montré la photo de Roger Martin, elle a confirmé que c'était lui qui semblait diriger l'opération.

Cinq jours après, les Allemands quittaient la ville. Le débarquement des Alliés, le 15 août, en Provence, même loin de Périgueux, a précipité le mouvement. Roger Martin a été vu sur une motocyclette, au milieu de la colonne allemande qui prenait la direction de Bordeaux. Il a confirmé les dires des témoins. Il portait une vareuse de sous-officier, les galons sur les pattes d'épaule, la casquette allemande à visière de cuir sur la tête, le pistolet-mitrailleur en travers de la poitrine.

— Vous n'emportiez pas avec vous ce que vous aviez volé. On a trouvé, rue de l'Éguillerie, de la lingerie, une trentaine de paires de draps, des serviettes, trois services de table, des coupons d'étoffe, deux postes de radio, trois appareils photo. C'est bien une partie du butin que vous aviez prélevé au cours de vos pillages ? Pourquoi tout ça ? Pour votre amie Lucile ? Qu'est-ce que vous vouliez en faire ? Vous montiez votre ménage ?

(Pas de réponse.)

— On n'a pas trouvé la boîte à biscuits. Vous l'aviez avec vous sur la motocyclette ?

— Oui.

— Pourquoi deux postes de radio ?

(Pas de réponse.)

— Vous ne réalisiez pas, quand vous avez volé ce second poste de radio dans la maison des Fink, que cette guerre pour vous était perdue ?

Roger Martin n'a pas répondu.

15

Roger nous a envoyé par la poste ses derniers vœux de bonne année en janvier 2010. Il y tenait, même s'il venait déjeuner avec nous ce jour-là. L'enveloppe timbrée donnait à son courrier un caractère officiel. Il était encore vaillant. Nous le croyions, du moins. L'ultime montage de ses collages, sur une grande page recto verso, prend maintenant une autre résonance.

La photocopie de ses découpages, approximativement alignés, de toutes formes et dimensions, souhaite : *À vous et à vos familles, que cette année vous apporte joie, santé, sérénité. Je n'oublie pas les amis du passé, ma famille, les très chers camarades de Mesnard et Cambo. Je pense à vous tous et vous assure de mon bon souvenir et de mon amitié.*

Il a ajouté, au stylo : *Il faut se souvenir des belles choses…*

Nous avons toujours trouvé amusantes les photocopies de ses collages comme apportés par les corbeaux, en harmonie avec la fantaisie de notre ami. Il a signé. Sa signature n'a pas changé en presque soixante-dix ans. C'est la même qu'au bas des feuillets de ses interrogatoires, *Roger Martin,* en grosse écriture ronde scolaire, presque enfantine, soulignée d'un trait qui déborde de chaque côté.

La traditionnelle carte de bonne année avec neige, roses et fer à cheval occupe le milieu du verso, entourée d'une galerie de photos, celle du rassemblement de notre famille sur la terrasse avec lui le jour de son anniversaire, une autre où il lève son verre de bière dans un bar à une table de jeunes, la casquette sur la tête, une autre de lui en plan rapproché, sans doute à la maison de la presse, debout, les mains sur les hanches dans une position familière, les coudes en arrière, et cette autre, ce doit être sur le parking des routiers, les mains sur le guidon d'une moto japonaise rutilante, noire, 750 cc, appuyée sur sa béquille, il rayonne, le sourire jusqu'aux oreilles, en pull bleu myosotis de la couleur de son bon œil, la cravate sous le pull, la chemise blanche.

Mais je ne peux m'empêcher d'avoir dans les yeux une autre image, celle d'un jeune homme en uniforme fuyant Périgueux sur une motocyclette ennemie.

Est-il possible qu'il n'y ait pas pensé aussi ? Plus les années passent, plus les souvenirs anciens reviennent. À quatre-vingts ans et plus, il ne pouvait pas ne pas se rappeler le temps où il était un salaud. « Il faut se souvenir des belles choses… » Comment a-t-il pu ajouter ça ? Pourquoi ?

Se rappelait-il la moto de Clovis ? A-t-il espéré, avec cette photo d'un vieux Roger heureux, effacer le souvenir du jeune Roger en fuite dans les bagages allemands ?

Il a beaucoup pleuré à l'enterrement de mon frère Jean, fin janvier 2010. Mon frère cadet était proche de nous. Il travaillait aux Tricotages. Il avait adopté Roger comme nous, et ils ont entrepris ensemble des chantiers de bricolage. Le chagrin de notre ami m'a surpris. Nous ne l'imaginions pas attaché à ce point à mon frère. Il s'est cassé en deux à l'enterrement. Ses larmes semblaient venir de si loin. Je l'ai attrapé par les épaules pour le redresser. Il a balbutié, les yeux débordants devant le cercueil de Jean : « La mort s'est trompée, c'était mon tour… »

Ses pleurs m'ont paru sincères, parce qu'il semblait aimer Jean, qu'il appelait, comme nous, Jeannot. Ils allaient pêcher des écrevisses à l'étang de la Tricherie et nous en apportaient une cuisine. Mais je me demande aujourd'hui si notre incompréhensible ami ne pleurait pas plutôt sur lui, ce jour-là, parce que le rendez-vous approchait, de l'Autre Côté, avec ses victimes.

Le dossier Martin ne révèle rien des mois qui ont suivi son départ de Périgueux. La trace de sa motocyclette se perd dans les fumées des retraites allemandes à travers la France. Combien de temps a duré son errance ? Par où est-il passé ? On sait seulement que, blessé au visage, une partie de sa traversée s'est effectuée avec un cache-œil, un petit morceau de tissu fixé par un élastique. On n'en connaît pas la cause. Les recherches du juge ne se sont pas intéressées à cette période, et Roger a entretenu la légende d'un sarment de vigne dans l'œil.

Sa fuite lui a sauvé la peau. Les commandos de l'épuration n'ont pas fait de quartier pendant les jours qui ont suivi la libération de la Dordogne. Il serait resté à Périgueux, ils l'auraient certainement collé devant un mur et fusillé. Lucile a été tondue.

Mais il n'a pas été oublié. Le 13 janvier 1945, le juge d'instruction au tribunal de première instance de

Périgueux a signé le mandat d'arrêt, qui ordonnait aux huissiers ou agents de la force publique d'arrêter et de conduire à la maison d'arrêt le dénommé Roger Martin, inculpé de trahison et de collaboration avec l'ennemi. Et maître Lalumière, huissier rue Sirey, a lancé, le 20 avril à 14 heures, l'assignation devant la cour de justice qui faisait *commandement à Roger Martin, 19 ans, actuellement sans domicile ni résidence connus, d'avoir à se constituer prisonnier au Parquet de Monsieur le Commissaire du gouvernement.*

Mais, comme indiqué sur le formulaire de l'assignation, personne ne savait où il se cachait, et lui ne se doutait peut-être pas qu'il était recherché. Peut-être espérait-il se glisser comme une anguille et échapper aux règlements de comptes, pour s'inventer une nouvelle vie ailleurs.

Le 12 juin 1945, le tribunal de Bordeaux l'a condamné à mort par contumace pour trahison.

Il a été trahi par un de ses faux amis, Lapouyade, qui l'a repéré à Schwenningen, en Forêt-Noire, à la fin avril de cette même année.

La ligne de partage des eaux européennes entre le Danube, qui descend vers la mer Noire, et le Rhin, qui remonte vers la mer du Nord, se situe sur ce territoire du Bade-Wurtemberg. Roger avait opportunément quitté les rangs de l'armée allemande et troqué l'uniforme pour le costume d'ouvrier agricole, semblable à un certain nombre de Français déplacés là-bas par le STO. Il parlait déjà un allemand convenable, appris dans la fréquentation de l'ennemi, et se rendait utile dans les fermes en manque de bras d'hommes. Il conduisait sur les chemins de montagne des tracteurs qui n'avaient pas encore conquis les campagnes de France. Il a évoqué devant le juge un élevage de cochons en batteries et des distributeurs d'aliments automatiques par un système d'avant-garde de vis sans fin que ses connaissances en mécanique ont dépannés.

Il circulait avec une fausse carte d'identité au nom de Blancpain. Son cache-œil, dont il aurait pu se passer, lui tenait lieu de masque. La guerre continuait sans lui. Il a vu les sapins noirs se revêtir de leur parure vert tendre de printemps. Avec un peu de chance et de patience, il allait se faire oublier, oublier Lucile peut-être, et s'inventer là-bas dans une maison de grès rouge et de bois, chauffée par les animaux dans l'étable du rez-de-chaussée, la famille dont il rêvait à Angoulême et Périgueux.

Mais Lapouyade est venu. Cet homme au visage grêlé de petite vérole avait été l'actif secrétaire départemental de la Légion des volontaires français en Dordogne avant de brusquement basculer, à la veille de la Libération, dans les rangs de la Résistance. Il venait de rejoindre en Allemagne les éléments de l'armée française, où son passé, malgré tout, le poursuivait. Il roulait en jeep vers l'hôpital de Fribourg pour les obsèques de deux soldats lorsque la silhouette d'un cycliste en danseuse l'a intrigué dans la montagne.

— Ralentis ! a-t-il commandé au chauffeur.

Les relations de Martin et Lapouyade à Périgueux étaient détestables. Roger fuyait les gesticulations de la LVF, mais Lapouyade avait peu à peu découvert les complicités du vélo-taxi avec les gestapistes et il jalousait ses privilèges.

La route tournante alternait le soleil des clairières et l'ombre des bois noirs. L'air humide était vert en cette fin de matinée d'avril, vert et tiède avec, par endroits, des nappes de brume levées sous les arbres qui respiraient doucement. Ils ont dépassé le cycliste. Le cache-œil de Roger lui aurait évité d'être reconnu. Il avait rasé sa moustache et laissé pousser ses cheveux. Mais il a commis, ce jour-là, l'erreur qui lui a été fatale et a déterminé la suite.

— Vous avez vu ? a dit le chauffeur à Lapouyade, après avoir doublé le cycliste.

— Quoi ?

— Son brassard…

— Eh bien ?

— C'est un faux.

— Comment ? Tu es sûr ?

Roger portait au bras gauche un brassard tricolore. Pourquoi ? D'où venait-il ? Ils ont dissimulé la jeep dans un chemin de débardage et ont attendu. Lapouyade a braqué ses jumelles.

Le chauffeur ne s'était pas trompé, le brassard était faux, en effet. Le cycliste portait au bras un grossier morceau d'étoffe blanche crayonné de couleurs bleu et rouge.

— Mais je le connais ! s'est exclamé Lapouyade. C'est Martin ! C'est lui !

Il a demandé au chauffeur de le filer à distance et ils l'ont vu entrer dans une ferme de Schwenningen, sur la route de Triberg, à la sortie de la forêt de pins. L'attente n'a pas été très longue, et tant pis pour les obsèques des soldats français qui se passeraient sans eux. Il a réapparu, la cigarette à la bouche, au volant d'un tracteur rouge qui cahotait sur le chemin. Il avait tombé la veste et changé de chemise, des bidons de lait brinquebalaient sur la remorque, qu'il a déchargés sur le bord de la route, et il a ramené le tracteur. Un quart d'heure après, il ressortait derrière le troupeau de vaches au pelage roux-blanc qui se bousculaient dans la montée vers les pâturages. Une jeune femme l'accompagnait, les cheveux sous un fichu à fleurs rouges et vertes, levant avec lui son bâton derrière les bestiaux qui meuglaient.

La police militaire est venue, cet après-midi-là, demander à la ferme le Français Martin, qui était absent et qu'on ne connaissait pas sous ce nom. Il bûcheronnait dans la forêt et, comme il se félicitait de ses services, le vieux paysan wurtembourgeois a envoyé son petit-fils avertir Roger à son chantier. Lorsque les policiers sont arrivés dans la futaie de résineux, ils n'ont trouvé que la hache, la scie, le tas de bûches, et les cendres d'un feu qui finissait de s'éteindre.

Il ne s'était pas enfui très loin. Il se trouvait bien dans cette campagne vert et noir en partie vidée de ses hommes. Les frontières suisse et française étaient proches. Il a changé plusieurs fois d'adresse, habité Gelsingen, Eisenbach, quelques jours aussi au bord du lac de Constance, côté allemand. Il se savait maintenant recherché.

Il a changé deux fois d'identité, s'est appelé Robin, Lambert. L'argent de sa boîte à biscuits ne lui a sans doute pas été inutile. Il a rentré les foins, relevé dans les vignes de Fribourg, comme autrefois chez lui en Charente. Les manches des outils étaient gigantesques. Martha, la jeune veuve au fichu rouge et vert de Schwenningen, a soigné les ampoules de ses mains. Elle avait plus que de l'amitié pour lui. Il est revenu plusieurs fois dormir à la ferme après avoir changé de nom. Elle ne l'appelait pas par ses noms de menteur, elle préférait *klein Franzose.*

Il s'est fait prendre au contrôle de barrière de la gare de Strasbourg, le mercredi 18 juillet, et n'a pas opposé de résistance.

Un télégramme est arrivé au palais de justice de Strasbourg, le 30 de ce même mois : *Urgent. Commissaire gouvernement Cour justice Dordogne à Commissaire gouvernement Cour justice Strasbourg. Prière transférer urgent Roger Martin condamné mort contumace par Cour justice Dordogne.*

16

La première comparution de Roger est en date du 21 août.

Le juge Robert a déclaré que le prisonnier lui avait paru presque satisfait de lui être présenté, comme soulagé d'arriver enfin au bout de ces semaines et mois d'errance. Il se préparait à interroger une bête fauve, un criminel au regard débordant de haine, Roger Martin était informé qu'il avait été condamné à mort, il avait devant lui un individu transparent, maigre, son année de cavale ne lui avait pas ajouté de gras, plus petit que la moyenne, un presque enfant au teint hâlé par le grand air, le sourire généreux et fréquent, qui répondait sans renâcler à ses questions. Sauf son œil infirme, qui avait quelque chose de troublant, il lui aurait trouvé une bonne tête. Mais il n'était pas dupe. Son métier lui avait appris que la fourberie se dissimule derrière des visages débordants d'innocence. Il connaissait les crimes de son prisonnier.

Il lui a demandé pourquoi il était venu à Strasbourg, en rentrant en France il prenait des risques et se jetait dans la gueule du loup. Roger a répondu qu'il avait eu envie d'aller à Paris, avant de retourner dans la campagne de Schwenningen.

— *Auprès de Martha, l'Allemande ?*

Le juge l'a reconnu coopérant. Martin se montrait intelligent, plus que la moyenne, sensible – mais c'était peut-être de la comédie –, à certains égards courageux. Quels chemins avait-il parcourus pour en arriver à trahir et commettre le pire ? C'était la question qui tourmentait le juge Robert et devait tourmenter tous les juges confrontés à la trahison.

— *J'ai eu tort. Je n'aurais pas dû.*

— *C'est une réponse trop facile, jeune homme !*

Les interrogatoires se sont répétés les 7 et 27 septembre et le 10 octobre. Le commis greffier assermenté s'appelait Lassalle.

À la seconde comparution, début septembre, Roger est entré dans le bureau du juge avec son sourire d'ange à fossettes, comme s'il répondait à la convocation d'un ami. Il s'est plaint de la dureté des bracelets après que le gendarme les lui a ôtés. Il a accepté le café et le petit ninas que le juge lui offrait. Il pleuvait. La fenêtre était entrebâillée, même en hiver. L'odeur des ninas dont un paquet suffisait à peine à la consommation journalière du juge aurait rendu irrespirable son bureau sans le courant d'air qui entrait par la fenêtre bloquée à la poignée de la crémone.

Ils ont parlé de l'Écluse. Le prisonnier regardait les volutes de fumée s'échapper et se fondre dans les gouttes de pluie qui étouffaient les rumeurs de la ville. Le cendrier aux trois quarts plein était posé entre eux sur le bureau.

Le juge a attaqué sur Moïse :

— *Vous aimiez beaucoup votre frère ?*

— *C'était mon frère...*

— *Vous savez ce qui lui est arrivé ?*

Roger savait, le brouillard, la nuit, la moto, le pont de Basseau, l'accident, la Charente.

— *Je ne suis pas sûr que vous ayez été bien informé de ce qui s'est passé exactement cette nuit-là...*

Le juge, le cigare à la bouche, desserrait à peine les lèvres et Roger s'inclinait légèrement vers le bureau pour ne rien manquer de la voix rauque du grand fumeur.

— *Il ne s'agissait pas d'un accident. On le sait maintenant de source sûre par un milicien qui a parlé, des miliciens accompagnaient les nazis. Le chef de la Gestapo d'Angoulême, Knuchel, qui est devenu ensuite votre ami, attendait votre frère avant le pont. Moïse faisait partie des terroristes chassés par l'Allemand. L'heure, les circonstances, le brouillard étaient favorables. Ils l'ont massacré, les marques de violences à la tête et à la poitrine n'étaient pas celles d'un accident, ils ont balancé ensuite son corps et la moto dans la Charente.*

— *J'ai toujours pensé, comme ma mère, qu'il ne s'agissait pas d'un accident.*

Il avait répondu dans un murmure, avait pâli.

Mais il secouait la tête, comme s'il refusait d'admettre ce qu'il venait d'entendre. La main tremblante, il a voulu porter à sa bouche son cigare, qui lui a échappé et a roulé sur le plancher. Il a demandé :

— *Pourquoi vous me dites ça maintenant, monsieur le juge ?*

— *Parce que je vous dois la vérité.*

Roger a décroisé les pieds sous sa chaise, de la cendre du cigare salissait sa veste. Il y avait le courant d'air du dehors, ce n'était pas la chaleur du bureau du juge qui lui faisait perler des gouttes de sueur sur le front. Il a murmuré tout bas, comme s'il se parlait :

— *La première fois que j'ai piloté une moto, c'était celle de Moïse, sur le chemin blanc de l'Écluse...*

Et de son bon œil d'abord, de l'autre ensuite, deux larmes ont jailli, qui ont roulé sur ses joues.

Il a essuyé ses paupières avec ses doigts en regardant, derrière le juge, la pluie glisser sur les carreaux. Il s'est penché pour ramasser le ninas sur le plancher. Il a hoché la tête plusieurs fois, et articulé :

— *Excusez-moi.*

— *Pourquoi avez-vous choisi la Gestapo ?*

Ses yeux ont brillé, comme s'il allait se remettre à pleurer.

— *Je ne l'ai pas choisie. C'est elle qui m'a choisi.*

On compte quarante-cinq procès-verbaux de témoignages à charge, avec la mention finale *lecture faite, persiste et signe*, parmi les feuillets du dossier Roger Martin. Les gens ont beaucoup voyagé après la Libération, dans une frénésie de liberté. Renée Tisselli, la secrétaire de Josi, chef de la Résistance en Dordogne, arrêtée avec lui après dénonciation de Roger et domiciliée désormais à Bayeux, a témoigné auprès de la brigade de gendarmerie de Dives-sur-Mer. Elle a joint à ses déclarations une lettre manuscrite qui précise les circonstances de son arrestation, accompagnée de ce post-scriptum : *Martin avait déjà fait arrêter un grand nombre de résistants et était vivement recherché par nous.*

Le rapport détaillé de l'inspecteur de la Sûreté, Grandcoin, est accablant. Le policier a enquêté à Périgueux à la fin de la guerre. Il a été confronté à Roger au sujet de sa visite à Louise Bloch et sa fille, place de la Fontaine, qui a conduit à leur arrestation le lendemain. Ses conclusions ne laissent aucune place au doute : *Responsable de la mort de nombreux patriotes, Martin s'est montré dénué de scrupules et sans aucun idéal, étant payé pour trahir son pays et ses compatriotes.*

La veuve Richoux et ses deux filles ont affirmé qu'elles étaient innocentes. Elles n'avaient rien vu, ne s'étaient doutées de rien. Elles aimaient bien leur pensionnaire, comme beaucoup d'autres à Périgueux. Elles n'avaient jamais imaginé ça de « bébé Cadum », au point qu'elles en doutaient encore parfois aujourd'hui. Mais Lucile l'avait payé suffisamment cher à la Libération, elle n'était pas près d'oublier la punition infligée par les patriotes.

Lapouyade a été convoqué pour un interrogatoire avec Roger et il a fait le voyage de Bordeaux. La confrontation ne lui a pas été favorable. Des charges lourdes ont été révélées contre lui et il a été à son tour incarcéré.

La Cour de justice régionale de Bordeaux a jugé Roger Martin le 6 novembre 1945.

À la question « Roger Martin est-il coupable d'avoir à Périgueux, département de la Dordogne, et dans d'autres lieux, depuis un temps non prescrit et spécialement au cours des années 43-44-45, volontairement entretenu en temps de guerre des intelligences avec une puissance étrangère ou avec ses agents, en vue de favoriser les entreprises de cette puissance étrangère ? », la réponse a été oui, à l'unanimité.

En conséquence la Cour de justice a condamné Roger Martin à la peine de mort.

Elle l'a condamné, à l'unanimité, à la dégradation nationale à vie.

Elle l'a condamné à tous les dépens, à l'unanimité.

Le lendemain, cellule 47 du fort du Hâ, Roger Martin écrivait au crayon de bois, sur une feuille de papier détachée d'un carnet à petits carreaux, sans doute son avocat lui avait-il fourni le modèle, son écriture est bien la sienne, la même, encore une fois, que celle de ses cartes de vœux aux majuscules inachevées :

Monsieur le Président de la Cour de justice,

J'ai l'honneur de déposer entre vos mains un pourvoi en cassation contre l'arrêt de la Cour de justice en date du 6-11-1945, qui m'a condamné à la peine capitale.

Veuillez agréer, Monsieur le Président, mes salutations les plus distinguées.

17

Pendant les trois semaines de son séjour à l'hôpital, notre vieil ami n'a pas été un jour sans visite. L'affluence dans sa chambre était telle, certains dimanches, que les infirmières se fâchaient :

« Vous fatiguez ce pauvre monsieur Martin. Vous êtes trop nombreux. Sortez. Un hôpital n'est pas une cour de récréation, ni une kermesse ! »

Les visiteurs s'excusaient. Quelques-uns obéissaient. Roger était leur voisin, leur ami. Il n'avait pas d'autre famille !

Même les traits tirés, affaibli, la figure flétrie comme un vieux soulier, il trouvait la force de plaisanter et sourire. Il remerciait pour la visite, les bonbons, les gâteaux, les chocolats. Il avait été opéré du ventre et il racontait en riant les nouveaux circuits de son caca.

Il se savait pris au piège et il évoquait son retour à Mesnard sans être dupe. Le médecin avait été formel. L'opération s'était bien passée, mais ses dérangements intestinaux étaient la manifestation d'un mal généralisé.

Il n'était pas question qu'il retourne chez lui dans sa maison de la rue du Brandon. Des soins quotidiens étaient indispensables. Notre travail ne nous permettait pas de le prendre avec nous. Il a résisté deux mois à l'Ehpad, épuisé, à bout le matin, incapable d'avaler quelques gouttes de café et une biscotte, et boitillant sur des cannes d'une chambre à l'autre l'après-midi, bruyant, la casquette retrouvée, frappant aux portes, respirant vite. La belote l'ennuyait et il a convoqué le club de bridge à l'Ehpad.

— Le mort ? Qui est-ce qui veut faire le mort ? Je veux bien faire le mort !

Il a chanté à la messe du curé pour les retraités, le mercredi, jusqu'à la dernière semaine, où le mal l'a cloué au lit. Il avait réclamé la photo de Maïalen, qui trônait désormais sur sa table de nuit.

— J'ai besoin de ma gardienne.

Il a souri.

— La veilleuse reste allumée dans l'entrée de la chambre. Lorsque j'étais petit, à l'Écluse, j'avais peur, la nuit. Je regarde Maïalen.

Il parlait davantage de l'Écluse depuis sa maladie. La petite photo de son frère était toujours glissée dans le cadre. Il a demandé à Anne, un soir :

— Vous les mettrez auprès de moi dans ma boîte. Ils me tiendront compagnie. J'aurai besoin de ces avocats, de l'Autre Côté.

Besoin pourquoi ? Nous avons souri. Peut-être était-il sur le point de parler. Peut-être, si nous avions réagi…

Nous n'avons rien dit. Nous étions là avec lui et c'était suffisant. Quelquefois nous rentrions à la maison encore plus tristes parce qu'il avait diminué, il parlait moins, nous ne nous étions presque rien dit.

J'ai interrogé le curé Sarrazin, qui a été le plus proche de lui, pendant les dernières heures.

— Vous a-t-il laissé entendre quelque chose ?

Je ne demandais pas au curé de trahir le secret de la confession.

— Non, rien. Il était agité, il délirait. Nous ne comprenions pas toujours ce qu'il disait.

J'ai rêvé, une nuit, un matin, que Roger pleurait.

Nous étions à Cambo sur le banc sous les nœuds de la tonnelle. C'était l'automne. Nous attendions les palombes et des vols de grues passaient, que nous entendions avant de les voir. Leurs vols étaient si nombreux que parfois ils noircissaient le ciel. Le soleil disparaissait derrière la montagne du côté de la mer et Roger pleurait. Il était plus âgé que du temps de Cambo. Il était le grand-père Roger, malade, dans son pyjama rayé de l'Ehpad. Maïalen et Anne étaient assises sur le banc avec nous, et nous savions pourquoi il pleurait. Il s'excusait. Il disait que c'était la faute de la misère, la faute de l'Écluse, de l'ivrognerie de son père, qui se moquait de lui quand il était petit et trop maigre, et lui serinait qu'il n'était bon qu'à étriller les queues des vaches, la faute de la neurasthénie de sa mère. Il avait sorti son mouchoir et ses larmes ne tarissaient pas, et Maïalen cherchait le sien pour le lui donner, et nous sortions les nôtres, et nous nous mettions à pleurer avec eux, en oubliant le vacarme des grues qui passaient au-dessus de nous.

Et je me suis retrouvé soudain à Bordeaux dans le bureau du juge et la fumée de cigare qui empuantissait la pièce. Roger était face à son juge, jeune maintenant, tel que nous ne l'avons pas connu, les cheveux noirs en touffe rebelle, très raides, retombés sur le front, tel que sur la photo à la première page du dossier Roger Martin, les cheveux si drus qu'ils lui donnaient l'air d'être mal coiffé, le cou serré par la cravate, la veste en laine molle aux épaules tombantes et aux revers fripés. Et il pleurait toujours.

Il disait au juge que c'était la faute à la mort de son frère, pourquoi s'était-il fait tuer, pourquoi Moïse lui avait-il caché qu'il était dans la Résistance, personne ne lui faisait confiance, la faute d'être né le dernier, la faute du brouillard, la faute à son frère d'être rentré en retard après le couvre-feu. La tête dans les mains, il se frottait les yeux comme un enfant battu.

— Ne croyez pas que vous allez m'émouvoir avec vos larmes de crocodile, lui a lancé le juge au visage sec, d'un ton sévère.

Je me suis réveillé et je n'ai pas pu me rendormir.

Le 14 décembre 1945, un décret du président du gouvernement provisoire, le général de Gaulle, commuait la peine de mort du condamné Roger Martin en travaux forcés à perpétuité. Sur les deux mille soixante et onze condamnations à mort prononcées par les cours spéciales de justice, le Général a accordé la grâce mille trois cent trois fois, en particulier à toutes les femmes et presque tous les mineurs. Il a rejeté sept cent soixante-huit recours.

Marcelle, que nous avons revue plusieurs fois, Anne y tenait, moi aussi, peut-être parce qu'elle possédait des clés de la personnalité de Roger que nous n'avions pas, peut-être parce qu'elle l'a aimé comme nous,

nous a dit qu'elle est venue visiter son frère au fort du Hâ pendant neuf ans, le deuxième mercredi du mois, sans en manquer un. Elle prenait le train de 6 h 45, le matin, à Angoulême, et arrivait à Bordeaux une heure après. Elle commandait un café au buffet de la gare et sortait de son sac la petite brioche que Jacques, son homme, avait pétrie pour elle. Quelquefois, quand il faisait beau et qu'elle n'était pas trop fatiguée, elle s'en allait à pied par la rue Sainte-Catherine mais, le plus souvent, elle prenait le tram vert, qui la laissait à la station Fort-du-Hâ.

Plutôt qu'une valise, elle portait un de ces grands paniers d'osier noirs à fermeture double que les gens appelaient alors une toilette. Ce qu'elle y transportait s'abîmait moins.

Des visiteurs piétinaient déjà sur les pavés devant la porte de la prison, qui s'ouvrait à 9 heures et demie. Il valait mieux être en avance au guichet. Mais elle avait beau ne pas perdre de temps, elle n'était jamais la première. Les femmes de Bordeaux étaient avantagées. Car c'étaient surtout des femmes qui attendaient, des jeunes, des vieilles, des mères, des grand-mères, des drôlesses avec des drôles dans les jupes, quelquefois un marmot au cou, quelques pères ou des frères. Ça ne se parlait pas beaucoup. Ça baissait le nez, se regardait de côté. Personne n'était fier d'être là. Ça se serrait sous les parapluies quand il pleuvait, ça tapait des pieds quand il gelait.

Il fallait traverser la cour d'entrée, le pavillon de contrôle était sur la droite. Marcelle prenait rendez-vous d'un mois sur l'autre. Elle sortait les affaires de son panier, dépliait les vêtements, les gardiens ouvraient les paquets. Elle les a, petit à petit, tous connus. Les plus mauvais étaient les vieux. Mais c'était de la marchandise mélangée. Comme partout, il y avait quelques bons, des mal lunés, de la saloperie. Pour le linge, ce n'était pas compliqué. Elle avait mal au cœur à chaque fois pour les gâteaux. Ils le faisaient exprès, elle en était sûre. Quand elle posait sur la tablette le joli quatre-quarts ou la brioche ou le gâteau de Savoie qu'elle apportait à Roger, ils sortaient le grand couteau et le massacraient pour vérifier qu'une lime ou une lame ou un objet prohibé n'y était pas caché.

Leurs grosses mains, pas toujours propres, se posaient dessus, ils tranchaient, écrasaient, émiettaient. Roger lui demandait de ne plus lui en apporter. Souvent, il n'en voyait pas la couleur, ou seulement la moitié, ou après plusieurs jours, quand le gâteau découpé avait séché. Des brioches et des quatre-quarts qui faisaient traverser toute la ville aux gens d'Angoulême pour les acheter à la boulangerie. Elle n'a pas cédé. Pendant neuf ans, un mercredi tous les mois, elle est venue à la prison du fort du Hâ avec son gâteau pour son frère. Les gardes pouvaient bien se moquer et sucer leurs doigts en riant après avoir goûté.

L'appel venait après la fouille. Les gardes sortaient leurs clés. Les visiteuses s'alignaient et se suivaient dans les couloirs.

Il y avait cette odeur, surtout, insupportable, insinuée partout, dans la pierre, les murs, montée du sol, un suintement de vieille cave, de trou à rats, de suri froid, de pourri. Les pierres noires du fort du Hâ dataient du XVe siècle. L'ancienne forteresse de Bordeaux était déjà devenue bastille pendant la Révolution. Le dernier condamné y a été guillotiné en 1960. Jusqu'en 1933, les exécutions avaient lieu dans la cour, pour l'exemple. Le peuple de Bordeaux y était invité. Les travaux de démolition de la prison du Hâ ont commencé en 1969 pour la remplacer par l'actuelle École nationale de la magistrature.

Marcelle a dit qu'elle avait froid en marchant dans la queue derrière le porte-clés dans les couloirs. Les souffrances des prisonniers, de tous les prisonniers depuis les siècles des siècles, étaient partout. Elle sentait la mort. Elle avait envie de se sauver. Les Allemands y avaient torturé les résistants et les Juifs.

Par les soupiraux aux lourds barreaux, elle voyait défiler la file indienne des prisonniers en promenade dans la cour. Elle s'asseyait dans la cellule du parloir. Le bois de la table où elle appuyait ses bras était gras des visiteurs précédents. La porte en face s'ouvrait. Roger entrait.

Il a été bien noté pendant ses années de prison. Il ne se plaignait pas, la remerciait d'être venue, lui racontait ses journées. Il travaillait à l'atelier de menuiserie, où il gagnait un peu. Il avait déjà la mécanique pour lui, maintenant il aurait le bois. Il allait à la bibliothèque. Il a lu Victor Hugo, *Les Misérables*, lui a parlé de Fantine, Cosette, Javert. Elle ne se souvenait pas de lui avoir vu avant, un jour quelconque, un livre dans les mains. Quand il était de service aux cuisines, ce jour-là, il mangeait mieux.

Il fixait sur elle son œil bleu. Elle était surprise de découvrir son frère presque heureux. Elle lui répétait des paroles de l'enfance :

— Tiens-toi bien. Ne t'occupe pas des autres. Ne te fais pas remarquer.

Il l'interrogeait sur la vie à Angoulême, son filleul, la boulangerie. Elle trouvait qu'il s'arrangeait au fil des parloirs, comme s'il s'était décidé enfin à grandir, alors qu'elle avait craint qu'il ne s'aigrisse dans cet enfer humain, ou ne se laisse aller avec des bandits, comme il l'avait fait à Périgueux avec la Gestapo. Il n'aurait pas fallu qu'il y soit condamné pour l'éternité. Il parlait de l'avenir. Il disait :

— Quand je sortirai du Hâ…

Il prenait des épaules et du cou, des bras aussi, à manipuler les madriers, les scies, dans l'atelier des menuisiers. Il avait coupé ses cheveux, qui ne retombaient plus. Ça lui donnait une figure plus pointue. Désormais il faisait son âge. Son compagnon de cellule, qui travaillait aussi le bois, s'appelait Fayel, et ils s'entendaient bien.

Quand elle l'interrogeait sur Périgueux, il se fermait et changeait de sujet. Il a haussé les épaules lorsqu'elle lui a annoncé en 1951 que leur père, Athanase, était mort et enterré. Il a dit seulement :

— C'est incroyable qu'il ait résisté jusque-là. Il en aura fait souffrir, celui-là, à commencer par notre mère.

Elle lui a appris qu'avec Jacques, son homme, ils avaient nettoyé la maison de l'Écluse, qui était devenue une porcherie depuis que leur père y était tout seul. Il lui a raconté qu'un jour d'octobre, pendant les vendanges, son père ivre l'avait poursuivi avec sa ceinture et il avait sauté dans le canal pour lui échapper. Il avait treize ans et ne savait pas nager. L'eau était déjà froide. Il avait bu la tasse et failli se noyer.

Il s'en foutait de mourir. Il était resté longtemps, grelottant, les pieds appuyés sur la chaîne de fermeture de la porte de l'écluse, attendant que son père qui le guettait s'éloigne du bord du canal.

Marcelle a affirmé que pas une fois son Jacques, qui n'avait pas beaucoup de sympathie pour Roger et avait deviné avant elle ses mauvaises fréquentations de Périgueux, ne lui avait reproché ses voyages à Bordeaux, au contraire. Il disait que c'était son devoir de sœur. Le travail ne manquait pourtant pas à la boulangerie et les clients préféraient que ce soit elle qui les serve. Il ne lui a pas reproché l'argent qu'elle dépensait pour son frère. Les gens savaient qu'il était enfermé et qu'il l'avait échappé de justesse. Des articles avaient paru dans *La Charente libre*, la photo de Roger avait été publiée et il avait fallu faire avec. Ils avaient perdu de la clientèle, au début. Mais on ne peut pas accuser la sœur des péchés de son frère. Et puis il y avait eu, après, la révélation de l'assassinat de Moïse par les nazis et la Milice.

Il n'y avait qu'à Martignac que la situation restait difficile. À la campagne, on oublie moins vite. Les gens avaient trop connu Athanase le soûlot, qui couchait dans les fossés. Ils continuaient de rappeler ses histoires. Ils pensaient que Roger Martin était le fils de son père, et de sa mère, la toquée, rien d'étonnant à ce que la graine de ces deux-là produise un monstre collabo. Des braves gens de Martignac, qui fréquentaient la boulangerie de la place du Mûrier avant et en rapportaient du pain et des gâteaux quand ils venaient à Angoulême, n'y mettaient plus les pieds.

Roger Martin a bénéficié d'une amnistie pour bonne conduite et a été libéré le 14 octobre 1954. Marcelle l'attendait, cet après-midi-là, derrière la porte.

Il s'était fabriqué à l'atelier une valise en bois trop grande pour ses quelques affaires. Ils ont pris le tram et le train, et le soir il a dormi place du Mûrier. Elle n'avait pas préparé de repas de fête. Le petit Pierre s'est assis à côté de son parrain, qui lui causait avec de l'amitié et l'a interrogé comme un tonton raisonnable sur ce qu'il voulait faire quand il serait plus grand. Pierre n'était plus si petit, il avait treize ans maintenant et il était presque aussi grand que son parrain. Il travaillait bien à l'école. Roger lui a dit que s'il n'avait pas été si ignorant il ne serait pas devenu un gibier de prison. Il avait fabriqué pour lui un jeu de puces en bois à l'atelier du Hâ. Le filleul et le parrain ont joué à la puce et Jacques a demandé à Roger :

— Qu'est-ce que tu vas faire, maintenant ?

Roger a regardé son beau-frère et sa sœur, comme s'il voulait les rassurer.

— Je ne vais pas rester chez vous. Je ne vous ferai pas de tort.

Il était conscient que sa présence à la boulangerie ne passerait pas inaperçue et ramènerait les fantômes du passé.

— Si tu es d'accord pour me donner les clés, Marcelle, j'irai à l'Écluse, la maison est vide. Je n'ai besoin de rien. Je resterai quelques jours ou quelques semaines, je ne sais pas. J'ai été trop longtemps éloigné de tout.

— Et après ? Qu'est-ce que tu feras ?

— On verra. Je pourrai peut-être me faire embaucher comme mécano ou menuisier quelque part.

Marcelle lui a remis les clés.

— Fais attention. Tu connais les gens de Martignac.

— Je me cacherai. Ils ne me verront pas.

Il a ouvert les volets du côté de la prairie, pour qu'on ne voie rien de la route et du pont. Il gardait la porte fermée et ne sortait que le soir. Il faisait ses commissions à l'épicerie de Bordeville, où on ne le connaissait pas comme à Martignac. Mais c'était l'automne. La maison était humide. Les chasseurs ont vu la fumée monter de la cheminée de l'Écluse. Ils ont fait le tour de la maison. Les ouvertures n'avaient pas été forcées, ils ont guetté dans la futaie des peupliers et ont fini par apercevoir Roger.

— C'est lui ! Le collabo ! Il est revenu !

Il n'y avait pas trois semaines qu'il avait quitté la bastille du Hâ.

Quand il est sorti un matin pour relever les cordelles à anguilles qu'il avait tendues dans le canal, il a découvert les inscriptions sur les murs, la porte et les volets. Est-ce qu'elles avaient été peintes pendant la nuit ? Elles étaient peut-être déjà là, la veille, sans qu'il s'en soit aperçu. Le goudron des grandes croix gammées souillait la pierre et le bois sur les quatre côtés de la maison.

Il n'est pas resté à l'Écluse une heure de plus. Il est remonté sur le vélo de son beau-frère, sur lequel il était venu. Il est passé à Angoulême, place du Mûrier.

— J'ai fait une connerie ! Je n'aurais jamais dû aller là-bas.

Il était tranquille, souriant, pas révolté. Marcelle l'aurait préféré pâle et agité. Elle connaissait assez son frère, elle savait que lorsqu'il était comme ça il n'y avait rien à lui dire.

— Où vas-tu aller ?

— Je vais me débrouiller. Ne t'inquiète pas, selette.

Elle est allée chercher dans l'armoire le paletot en laine brune de Moïse qu'elle avait gardé.

— Essaie-le !

Il était un peu long pour lui.

— Il va faire froid. Tu en auras besoin.

Il a souri. Les épaules lui allaient.

— Merci.

Il l'a gardé.

— Ne fais pas de bêtises, tu serais un homme perdu !

— Je n'en ferai pas.

Il avait amassé un maigre pécule à la menuiserie de la prison. Elle a ouvert le tiroir-caisse de la boulangerie et lui a refermé les doigts sur une poignée de billets. Il a mangé un pain au lait. Elle en a glissé deux ou trois dans une poche en papier. Il lui a dit d'embrasser son filleul, qui était à l'école. Il a ajouté qu'ils seraient peut-être longtemps sans avoir de ses nouvelles parce qu'il fallait qu'il disparaisse. Elle a redemandé :

— Où vas-tu ?

— Je ne sais pas. Je vais prendre le train.

Il souriait toujours, calme, tranquille, l'œil serein, tête nue, la mode du béret était passée. Elle a pleuré. Il a marché avec sa valise en bois et son paletot trop long. Il a pris la direction de la gare.

Après, on ne sait pas. Il a fait ce qu'il avait dit. On suppose qu'il est descendu vers le sud.

Place du Mûrier, ils n'ont eu de ses nouvelles que plus d'un an après. Le facteur a remis une lettre qui souhaitait à Pierre une bonne année 1956. C'était un montage de découpages de photos et de mots des journaux collés sur un papier. La cathédrale d'Auch en illustrait le milieu. Roger leur annonçait, sans préciser d'adresse, qu'il était là-bas, il allait bien, qu'ils ne s'inquiètent pas, il était chauffeur de maître. C'est à partir de cette année-là qu'il a pris l'habitude de réaliser ses puzzles de bonne année, qu'il a répétés, du Gers, pendant quatre ans.

En 1961, un collage de photos de champs de lavande est arrivé du Luberon, où il est resté cinq ans. Ils avaient, cette fois, son adresse. À Apt. Marcelle lui a écrit, mais elle n'a pas obtenu d'autre réponse que ses découpages pour son filleul. Il est retourné ensuite dans le Gers, où il s'était fait des amis, et c'est alors qu'à la chasse dans la vallée des Aldudes il a rencontré Maïalen.

Il n'a pas remis les pieds en Charente pendant toutes ces années, du moins, si c'est arrivé, ils n'en ont rien su. Pierre, son filleul, lui a rendu visite une première fois à Auch en septembre 68, après avoir réussi le concours des impôts à Bordeaux. Roger l'a félicité et ils ont gravi l'escalier de trois cent soixante-quatorze marches où ils sont photographiés ensemble devant la statue de d'Artagnan. Il était l'homme de confiance de son premier employeur, auprès duquel il faisait toujours office de chauffeur, mais aussi de mécanicien et d'agent d'entretien de la propriété au milieu des champs de maïs et de tabac à la sortie de la ville sur la route de Toulouse. Il habitait le pavillon de pierres blanches et de briques qui jouxtait les grilles de l'entrée du parc avant l'allée de grands pins parasols. Pierre lui a dit que Marcelle serait heureuse de le revoir. Il a répondu qu'il n'était pas contre.

Le rendez-vous a eu lieu plus tard, Marcelle venait de vendre l'Écluse. Roger et Maïalen étaient déjà à Cambo. Pierre a accompagné ses parents. Ça s'est passé comme toujours avec Maïalen, la piperade à la tomate et aux poivrons rouges, l'axoa de veau, les assiettes à ras bord, la main lourde sur les épaules, les éclats de rire, la soirée sur le banc face à la montagne et le petit verre d'armagnac avant d'aller dormir. Jacques et Marcelle sont restés trois jours. Roger les a accompagnés aux Aldudes et, à Biarritz, ils ont marché jusqu'au rocher de la Vierge. Marcelle était contente. Elle les a invités à venir à Angoulême. Roger a souri.

— Angoulême, c'est loin !

Il n'est jamais venu.

Il n'est pas venu non plus à Bordeaux, où Marcelle a déménagé après le décès de Jacques, pour se rapprocher de son fils installé là-bas. Pierre a pourtant insisté. Il lui a répété que sa grande sœur qui vieillissait avait besoin de la visite de son frère, qui était sa seule famille. Roger lui a répondu qu'il vieillissait aussi, il pensait tous les jours à sa grande sœur et il priait même le bon Dieu pour elle, mais il avait trop de souvenirs à Bordeaux.

J'imagine qu'avec l'âge il a pu se réveiller dans sa maison de Mesnard en se croyant sur un châlit sous la clé de voûte d'un cachot du fort du Hâ. Je ne m'apitoie pas sur son sort. La punition infligée par la société a même été insignifiante comparée aux horreurs dont il s'est rendu coupable. Les circonstances lui ont été favorables. Il a eu cette chance et, sûrement, l'intelligence pour échapper à un châtiment plus grave.

Il a su ensuite se faire oublier et se conduire en homme ordinaire, jusqu'à se faire aimer par une femme comme Maïalen et sa famille, et par un pays comme le nôtre. La question qui nous hante, Anne et moi, c'est : regrettait-il ses crimes ? Pas seulement un regret fugitif qui n'entraîne pas à conséquence.

Était-il, même quand il était avec nous, malgré les apparences, le monstre froid et dénué de scrupules décrit par l'inspecteur Grandcoin ?

Nous n'en avions pas l'impression. Son sourire était celui d'un homme qui dort du sommeil du juste. Mais qu'est-ce que nous connaissons de ceux qui partagent notre vie ? Il y avait l'homme qu'il donnait à voir. Il a circulé à Périgueux tranquille sur son vélo-taxi pendant presque un an et demi. Ses rires au milieu de nous, son enthousiasme, son humanité ne pouvaient-ils pas être une manière d'expier son péché ? Il a vendu son âme au diable pour 2 000 francs par semaine. Je ne l'ai jamais surpris à Cambo ou à Mesnard à réclamer de l'argent pour ses services.

Anne me reproche mon angélisme. Il n'est pas question d'oublier, voire de pardonner ses atrocités, il est permis pourtant de s'interroger sur le rachat. Les presque soixante-dix ans de vie ordinaire de notre ami peuvent-ils racheter en partie les crimes de sa jeunesse ? On nous objectera que ses victimes, qui n'ont pas eu la chance d'atteindre son âge, ne sont pas là pour nous répondre.

Notre fille Juliette affirme qu'il n'a aucune excuse. D'un bout à l'autre, sa vie n'a été qu'un long mensonge. Il s'est adapté, voilà tout. Il n'est devenu honnête que parce que les circonstances l'exigeaient et il nous a menti jusqu'à la mort.

Reste la question de l'Écluse. Sans son père ivrogne et sa mère dépressive, serait-il devenu le gibier de potence qu'il a été à dix-sept ans ? Enfant, il était un être faible, au corps ingrat, battu par son père. Les hommes ne naissent pas égaux. Il y a ceux qui n'ont rien dans leur jeu, qui seront humiliés à vie et foulés aux pieds. Roger a eu la malchance de naître le dernier à l'Écluse. Il a vu ses aînés s'envoler et on peut imaginer ce qu'il a eu à supporter dans cette maison perdue au milieu des eaux. Il aimait sa sœur. Il admirait son frère. L'un et l'autre lui ont fait défaut.

Sa sœur a réussi. Elle a été aimée. Sa boulangerie était courue par le tout-Angoulême. Son frère est mort. Il était déjà grand avant de mourir. Il l'est devenu plus encore après son accident. Et je ne parle pas de ce qu'il est devenu après 1945, quand son nom a été gravé dans le marbre des victimes de la barbarie.

Qui peut mesurer l'effet des abandons de sa sœur et de son frère ? Il ne serait pas parti à Périgueux si son frère avait vécu. Il aurait peut-être travaillé dans le camp des justes. Il a fait le choix des faibles.

J'essaie de comprendre.

Anne dit que les femmes et les hommes sont des énigmes et qu'on ne sait jamais sur qui on va tomber.

Elle me dit que je suis un homme entier parce que j'ai pu profiter de la présence de mes parents, qui ont vécu jusqu'à un âge avancé. Je me suis rappelé une parole de Roger à laquelle je n'avais pas attaché d'importance, le lendemain de l'enterrement de mon frère. Nous sommes allés ensemble au cimetière. Les fleurs et les plaques étaient posées sur la dalle de béton nu. Les employés des pompes funèbres avaient provisoirement refermé le caveau. Nous repartions et Roger a murmuré :

— Si on pouvait recommencer sa vie et savoir ce qu'on sait…

Je crois que j'ai souri, nous n'étions informés de rien alors, et je lui ai demandé :

— Tu changerais quelque chose ?

Il a haussé les épaules, un peu plus celle de gauche, celle de son bon œil :

— Pas toi ?

Je le revois au mariage de Juliette. Les festivités ont eu lieu au moulin des Aireaux. De la colline du moulin, le bocage est à perte de vue. Certains prétendent que par temps clair les miroitements qui ondulent à l'horizon seraient ceux des vagues de l'océan. Les Allemands avaient coulé près du moulin la plate-forme d'un observatoire pendant la guerre. L'ensemble de la famille alsacienne juive de Nathan, le fiancé de Juliette, a fait le voyage pour le mariage. Je comprends les larmes d'Anne, jusqu'à vomir, à la lecture des horreurs de Roger contre les réfugiés juifs alsaciens à Périgueux. Notre ami avait sans doute abusé du champagne. Sa table, près de la table d'honneur, était bruyante. Il ne tenait pas en place et ses farces et pitreries soulevaient des rires. Il avait chanté avec la chorale à la cérémonie religieuse. Il s'est levé et a commencé, mezza voce, afin d'obtenir le silence :

— « On a tous en nous quelque chose de Tennessee… »

Nous ne savions pas qu'il aimait la chanson de Johnny. Les bulles du champagne lui avaient ajouté du velours dans la voix.

Les fourchettes et les couteaux ont cessé leur vacarme. Les tablées ont tendu l'oreille. Il n'a pas quitté des yeux les mariés jusqu'à la fin et, à mesure qu'il chantait, l'émotion dans la salle croissait, les invités se souriaient, les doigts des amoureux se rejoignaient, il y a parfois dans les fêtes de pareils moments de grâce. Alors qu'il semblait avoir fini, il a levé la main pour retenir les applaudissements, et il a soufflé, comme un chef de chœur, les paroles du premier couplet afin que nous les reprenions avec lui, et tous, dociles à sa baguette, nous avons chanté ensemble :

Ce désir fou de vivre une autre vie,
Ce rêve en nous avec ses mots à lui…

Et après un instant suspendu, comme en extase, la salle a éclaté d'un tonnerre d'applaudissements.

Le vieux Roger, la figure rougie, transpirant, à peine plus haut que les assis, a contemplé en souriant la salle, son bon œil brillait comme une étoile à Noël. Notre grande Juliette et Nathan se sont levés et sont allés l'embrasser, sous un nouveau tonnerre d'applaudissements.

Anne les a suivis, m'a fait signe :

— Viens, j'y vais moi aussi.

Lorsqu'elles étaient petites, les filles nous tendaient les bras mains ouvertes pour se jeter contre notre poitrine en réclamant : « À bras ! À bras ! » Anne a attendu avec moi qu'il ait embrassé les mariés, et après, lorsqu'ils ont été face à face, elle a ouvert ses mains et je l'ai entendue :

— À bras ! À bras !

Ils se sont étreints l'un l'autre, à pleins bras. Et les larmes ont ruisselé sur les joues de Roger.

Alors ? Abandonne-t-on jamais vraiment ce qu'on a été ? Quand il s'est trouvé de l'Autre Côté devant le tribunal du Grand Juge, de quel poids ont pesé dans la balance ses abominations face à ses soixante-dix ans de vie ordinaire ? Tout est question d'équilibre. Le bon Dieu a-t-il été dupe de ses gesticulations ? Aime-t-il aussi les serial killers ?

À la réflexion, je me dis qu'il a bien fait de ne rien nous dire. Tout aurait été changé. Il y aurait eu alors cette bête immonde, insupportable, entre nous. Il aurait sans doute dû partir et recommencer à mentir ailleurs pour essayer de rejoindre le genre humain.

DU MÊME AUTEUR (*suite*)

La Route de glace
Aide-toi et le ciel…
Délivre-moi
La mer était si calme
Même les pierres ont résisté, prix Charette
Les Deux Écoles
L'Instant de grâce, prix Montesquieu

AUX ÉDITIONS LE CERCLE D'OR

Un Tristan pour Iseut
Lise

AUX ÉDITIONS FLAMMARION

La Chasse aux loups
Le Grand Cortège

AU CERCLE VENDÉEN DE RECHERCHE HISTORIQUE

Le Chemin de croix du bon larron

Composition et mise en pages
Nord Compo à Villeneuve-d'Ascq

MIXTE
Papier issu de sources responsables
FSC® C003309

L'éditeur de cet ouvrage s'engage dans une démarche
de certification FSC® qui contribue à la préservation
des forêts pour les générations futures.

Pour en savoir plus :
www.editis.com/engagement-rse/

Achevé d'imprimer par
Normandie Roto Impression s.a.s.
61250 Lonrai (Orne)
N° d'imprimeur : 2202043

Imprimé en France